策士な彼は
こじらせ若女将に執愛中

橘 柚葉

Yuzuha Tachibana

EB
エタニティ文庫

目次

策士な彼はこじらせ若女将に執愛中

プロローグ

「やっと二人きりになれたな」

「えっと。そ、その……」

私、瀬野沙耶は、この度会社を辞めて転職する同僚、志波直のために、先ほどまで同期十人で送別会をしていた。

そのあとは二次会に進むだろうと思っていたのに、なぜか皆は早々と解散してしまい、残されたのは私と直、二人だけ。どこか意図的なものを感じるが、同期の彼らに私たちが付き合っていることは教えていないから、わざとではないのだろう。

だが、私としては彼と二人きりになんてなりたくなかった。

一気に挙動不審になる私を見て、直は眉間に皺を寄せる。

こんな表情をしているときの彼からは逃げられない。

付き合い出して約三年の間に、そんなことは思い知らされている。

案の定、彼は私の手を掴んだまま、皆が向かった駅とは真逆の方向へと歩き出した。

「ちょ、ちょっと！　直？」

「……」

「直ってば！」

振り解こうとした手は、余計に力強く握りしめられてしまった。

私に背を向けて歩いていた直が、そこでようやく立ち止まって私を振り返る。

「大人しくついてこい」

「ヤダ！」

「ヤダじゃない。俺たちは、これから大事な話をしなければならないはずだが？」

直の言う通りである。

彼の転職先は、NY。そこに本部を置く経営コンサルタント会社に引き抜かれた彼は、来月早々に日本を発つ予定だ。

恋人である彼――直とは入社も一緒、配属された部も一緒で、長年共に過ごしてきた仲だった。

はじめはただのよき同僚という間柄だったのだが、あるときから直の猛アタックが始まり、三年前に付き合い出したのだ。

ストーカーか！　と言いたくなるほど執拗に口説かれたときには戸惑ったが、そんな情熱的な彼に惹かれていくのに、そう時間はかからなかった。

そもそも、彼を異性として意識するようになったのは、私の方が先だったのかもしれない。

入社二年目のとき、私の父が亡くなった。

仕事に影響を出せないと、会社では明るく振る舞っていた私だが、実のところかなり無理をしていた。

直はそれをすぐに見抜き、私を温かく慰めてくれたのだ。

あのときはまだ口説かれ始める前だったが、今思い返せば、彼のあの優しさに触れて私は恋に落ちたんじゃないかと思っている。

順調にお付き合いを続けていた私たちだったが、岐路はすぐ目の前に近づいていた。

直が、NY行きを決めたのだ。

その後、彼はすぐ私に決断を促してきた。

直の彼女である私も、心を決めなければならない。

彼について行くのか、行かないのか。

だが、私はその答えを、今日までの二ヶ月間、ずっと保留し続けていたのだ。

早く返事をしなければいけないとわかっていたけれど、決断を引き延ばしておけば、その間は直の彼女でいることができる。そんなふうに思っていた卑怯な自分がいる。

何も言わない私を見て盛大にため息をついたあと、直は再び私の手を引いて歩き出した。

私が何度制止しても、止まってくれる様子はない。

半ば諦め気味になった私は、直の背中に問いかけた。

「どこへ行くの？」

「車。コインパーキングに停めてある」

今日はどうやら車で来ていたようだ。確かに、すぐそこにあるコインパーキングには、見慣れた直の車が見えた。

だが、先ほどまで送別会で呑んでいたのだ。飲酒運転をさせる訳にはいかない。

私は、直の手をグッと引っ張った。

「直！　運転できるの？　お酒飲んでいるんじゃ……」

私の問いかけに応える直の表情は硬い。

「俺は今日、酒は一滴も呑んでいない。お前との話し合いが控えてるっていうのに、呑んでられるか。あれは酔っ払いの戯れ言だったと、後々流されたら堪らないからな」

直は今夜、絶対に私と話し合うつもりだったのか。

もう言い逃れはさせてもらえないらしい。

抵抗をやめた私だったが、それでも彼の車に乗ることは躊躇してしまう。

「ほら、乗れよ。今日は話し終えるまで帰さないから」

直は助手席の扉を開き、私を強引に車に乗せた。

動揺する私の様子に気づいているはずだが、直は小さく笑って扉を閉める。

運転席側へと移動する彼を、私はただ見つめることしかできない。

ギュッと鞄を握りしめていると、ついに直が運転席に乗り込んできた。

すぐさまエンジンをかけようとする彼の腕を慌てて掴む。

「やっぱり、ここで話そう。直」

「おい、沙耶。ここはコインパーキングだ。こんなところでは、じっくり話し合いなんてできないぞ？」

「わかってる。だから、手早く終わらせるわ」

「それは無理だ」

直は眉間に皺を寄せてもっともなことを言った。簡単に終わる話じゃないことは、本当は私もわかっている。だけど……

まっすぐ正面を見ていた私は、そこで身体ごと直に向き直った。

なおも早く事を済ませようとする私に、直は渋い顔をする。

「あのな、沙耶。これはそんなに早く終わる話じゃないだろう？」

「……」

「俺が実質的なプロポーズをしたというのに、お前は返事をくれていない。それどころか、ここ最近ずっと逃げ回っていた理由をきちんと話せ」

思わず無言になる私を、直はメガネ越しにジッと見つめている。

情熱的なその強い眼差しが好き。今も大好きだ。そしてこれからもずっと、私は彼を好きなままだと思う。

彼の大きな腕の中が、私の一番好きな場所。そして、安心できる場所でもある。

そのぬくもりをずっと感じていたい。そう言ったら、目の前の男はなんて返してくるだろうか。

『当然だ。俺はお前のことが一番大事なんだ。大事な女を癒せなくてどうする?』

少しだけ眉を上げ、頬を緩めて笑う。私が一番好きな自信に満ち溢れた表情をしながら、そんなことを言うかもしれない。

と、不意に直が目元を緩めた。その表情に、胸の鼓動が高まっていく。

瞬きをしながら見つめ続けていると、直が身を乗り出すようにしてこちらへ近づいてくる。

その大きな手のひらが、いつものように私の頬に触れようとした途端――

私は顔を背けてそれを拒んだ。

視線を戻すと、ショックを受けたような表情の直が見える。

胸の奥がズクッと鋭く痛んだが、私には彼の手を拒まなければならない理由があった。

私の実家である旅館が廃業の危機に陥ったため、どうしても私が戻らなければいけなくなったのだ。

けれど、彼の手のひらで頬を撫でられたら、私は直が欲しくなってしまう。

身を引き裂かれる思いで下した決断も、翻したくなるだろう。

直には本当のことを言わずにさよならすると、すでに覚悟を決めているのだ。

だって、それを言ってどうする？　どうなる？

彼はＮＹ、私は日本。物理的に離れることになる状況で、いつまでも関係が続けられるなんて思えない。

直は仕事ができるだけでなく、容姿もよくてモテる男性だ。

ＮＹには、彼にふさわしいキャリアウーマンがたくさんいるだろう。

めったに会えない彼女なんて、彼の負担になるだけだ。

もう、終わりにしなくちゃいけない。

それが、私にとっても直にとっても、最良の未来なんだ。

持っていた鞄をさらにギュッと握りしめ、私は自分の拳を見つめた。

「私は……直について行けない」

「沙耶」

私の名前を呼ぶ直の声が、悲しみを帯びていることに気がついたが、私はその声をかき消すように言った。

「別れよう、直。私たちは別々の未来を選んだ方が幸せになれる」

それだけ言うと、私は助手席のドアを開いて直に背を向けた。

これ以上、彼の顔を平然と見つめていられる自信はない。

彼の気持ちを聞かないまま逃げてしまうことに、申し訳なさで心が痛むが、もう無理だ。

こうして顔を見ていたら、声を聞いていたら……何もかもを投げ出して『直について行く！』と叫んでしまいそうになるから。

だが、そうすることはできない。彼には私のことなど気にせず、自由にのびのびと仕事をしてほしいのだ。

私ごときが、いつまでも引き留めていてはいけない。

急いで車を降りた私を、直は必死な声で呼び止めた。

「待て、沙耶。待てって言っているだろう！」

「……っ」

「沙耶!!」

直の厳しい声に、私の身体は反射的に動きを止めた。

足が動かず、その場で固まっている私に、車から降りた直が近づいてくる。

〝来ないで〟と懇願しながらも、本心では〝抱きしめて〟と違うことを考えてしまう。ハイヒールの先端をジッと見つめて俯いていると、背後から包み込むように直が抱きしめてきた。

彼の体温を感じてしまうと、覚悟を決めて告げた言葉を取り消してしまいたくなる。

泣きそうになるのをグッと堪え、私は再び首を横に振った。

だが、こうして必死に拒絶しているにもかかわらず、直は一向に引き下がらない。

「俺は諦めないぞ？」

「諦めてよ。私はもう……とっくの昔に諦めた」

そんなのは嘘。私の大嘘つき。

私の口からは、自分の想いとは真逆の言葉が飛び出してくる。だけど、それでいい。

それでいいんだ。

私は、直の言葉を頑なに拒む。

ふと、耳元に吐息がかかった。どうやら彼がため息をついたらしい。

私が再び身体を震わせると、直は私を抱きしめていた腕をゆっくりと外した。

「あ……」

思わず出てしまった、寂しさの籠った声。

直に聞かれたくなくて、私は慌てて両手で口を押さえた。

身体から熱が離れていく。彼の腕に縋りつきたいと思う私は、まだまだ直を諦めきれていない。

何かを言い出しそうになる自分の唇を、ギュッと噛みしめる。

俯く私の背中に、直が声をかけてきた。

「仕事を続けたいか？」

「……」

「NYに行くのがイヤか？」

「……」

今、口を開いたら、本当のことを話してしまいそうだ。

それだけは、絶対に避けなければならない。

「何が沙耶の心を苦しめている？　理由を話せ。俺が納得するように全部話せ！」

直のことだ。事情を知ればこの件もなんとか解決しようと奔走してくれるのは目に見えている。

志波直という男は、とても器の大きい男だ。

俺様なくせに、一度自分の懐に入れた人間にはとことん優しい。

入社してから五年、ずっと彼の近くにいた私は、それをよく知っている。

恋人という関係になってからは、さらに直の優しさを感じていた。だからこそ、彼には私というしがらみになんて囚われず、好きな仕事を頑張ってもらいたい。

仕事をしているときの直は、惚れ惚れするほど格好いいのだ。彼の仕事に対しての真摯な姿勢が私は大好きだから。だから——一つの嘘をついた。

「私、このまま日本に残って仕事を続けたいの。それが理由よ」

「本当に、それだけが理由か？」

「……そうよ」

背後で盛大なため息が聞こえたあと、真剣な声色で直は言う。

「逃げるな」

「……」

「そう言っても、今の沙耶は俺から逃げるつもりなんだろうな」

呆れたような声も愛おしい。そんなことを頭の片隅で思った。

この声を聞くのも、これで最後だ。

そんな事実がジワジワと現実味を帯びてきて、身体はおろか心の芯まで冷たくなっていく。

何も言わない私に、何かを決意したらしい直は、真剣な声で囁いた。

「一年後」

「え？」

ビクッと肩を震わせる私の背中に、直は言葉を投げつけてきた。

「一年後の三月、俺は日本に戻ってくる。そのときに、もう一度話し合いたい。それまで俺からは連絡を取らないから、じっくり考えてほしい」

直に背を向けたまま、私は何度も首を横に振る。

そうすることで、彼の言葉と声をかき消したかった。

だが、これ以上嘘をつき続けることはできそうにない。

私は直を振り返ることなく、足を踏み出す。

少しずつ早くなっていく歩調。ヒールの音をカツカツと響かせ、ついに私は直の前から逃げ出した。

「沙耶！　俺はお前を諦めない！」

今の私にとって残酷な言葉を投げつけてくる直。そんな彼の顔を見るのが怖くて、私は急いでその場を立ち去ったのだった。

1

（どうか……どうか、旅館の借金が少しでも減りますように）

寂れた社の前で手を合わせてから、どれぐらい時間が経っただろう。

参拝客が誰もいないのをいいことに、かなり長い間祈っていた気がする。

あまりに熱心な私の様子には、氏神様もきっと戸惑っておいでに違いない。

ようやく一通りのお願い事を呟ききった私は、社にお辞儀をして家路についた。


私、瀬野沙耶。二十九歳、独身。

身長は百六十五センチ、自分ではスレンダーな体形だと思っている。

胸はもうちょっと育ってくれてもよかったのにとは考えなくもないが、それも不満というほどではない。

ただ顔立ちは、今より少しだけ愛嬌があるとよかったなぁとは思っている。

私はフェイスラインがシャープで目が切れ長気味なため、一見すると淡々としてクールな印象に見えるらしい。

笑っていればそうでもないのだが、普通にしていると怖く見えると言われたこともある。

化粧を少し濃くしただけで性格がキツそうな顔に仕上がるため、ナチュラルメイクを心がけ、無表情にならないよう気をつけてはいるのだけど……

ストレートの黒髪も、よりクールさを演出しているのではと思い、カラーリングを試みようとしたこともあるが、結局実行前にやめた。

やっぱり黒髪が一番好きだし、自分に似合っていると思ったからだ。

外見ではクールな女と思われがちだが、本当の私はこうしてウジウジ悩むことも多い。

私の性格を知る友人知人に尋ねれば、きっと同じことを言うだろう。

小さく息を吐き出したあと、私は空を見上げる。

今年の夏は酷暑だった。九月に入った今もなお残暑厳しく、今日も暑くなりそうだ。

私は、こっそりとため息を落とす。

木々の隙間から零れ落ちる光の粒に目を細めていると、大木に囲まれた社の上からキレイな青空が見えた。

（直、元気にしているかしら……なんてね。振った私が心配するのは筋違いかな）

ツキンと痛む胸を押さえながら、今は遠い地にいる彼のことを思う。

志波直、二十九歳。私と同じで九月に誕生日を迎えたばかりだ。

ただそこにいるだけで人の目を惹く彼はスタイリッシュな格好を好む人で、下手をすればキザったらしく感じる装いでも素敵に着こなしてしまう。チタンフレームのメガネも、洗練さを演出するのに一役買っていた。

そして、身長百八十七センチある体躯は、スラリとしつつも男らしさに溢れている。

いつもはラフに流している前髪がハラリと落ちたとき、なんともいえぬ色気にドキッとしてしまったことは、今でもよく覚えている。

そんな一見優しげな雰囲気の彼だが、実は強引で俺様気質なところがある。でも、そのギャップが素敵だと言う女性は社内でも後を絶たなかった。

見目は上々、仕事もできる。言うことなしの男性ということで、女性からの視線を一身に浴びる人。

そんな彼と私は、経営企画部で五年間一緒に過ごした。

配属年数こそ同じだが、彼と私の実績では比べものにならない。

彼が会社を辞める直前、私はやっとチームリーダーに就いたところだったが、彼はすでにグループリーダーにまで上り詰めていた。

当時二十八歳という若さでその役職に就くことは異例中の異例。それだけ彼は会社に貢献し、上司部下たちから絶大な信頼を得ていたのだ。

そんな彼だから、あのままエリートコースを邁進していくと思っていたのに、ある日突然転職すると告げられた。あのときは驚いたし、衝撃を受けた。

『会社を辞めて、NYにあるコンサルタント会社に行こうと思っている。お前についてきてほしい。いや、連れて行く』

その言葉を聞いたとき、彼に愛されているんだという喜びとともに、相変わらずの俺様発言が格好よくて、つい胸を熱くしたものだ。

けれど最終的に、私は直の手を取ることができなかった。

彼からその話を聞かされる一週間前、兄嫁が泣いて私に電話をかけてきたからだ。

『沙耶さん、お願い。瀬野に戻ってきて！　どうか若女将になってください』

涙声の兄嫁に、私が大慌てしたのは言うまでもない。

時折鼻をすすりながら、彼女は私の実家である『旅館瀬野』の現状について話してくれた。

瀬野は、創業百十九年。東海地方の山間にある、先祖代々続く老舗旅館だ。

かつてはかの有名な文豪たちが執筆のために訪れ、逗留したと言われる名旅館でもある。

四代目であった私の父は五年前に亡くなり、その後は女将である母と番頭の兄が旅館を切り盛りしていた。

瀬野家は代々長男が旅館を継ぐことが決められており、兄も高校を卒業後、すぐに瀬野へ就職し、番頭職に就いて父に仕事を教わっていた。

『いずれお兄ちゃんが瀬野を継ぐから、沙耶は好きな勉強をしていいぞ！』

という兄の言葉をありがたく受け取って、私は念願だった東京の大学へ進学したのだ。

兄が将来お嫁さんを貰うとき、小姑が瀬野で働いていたら肩身が狭いかもしれない。

それでは、お互いやりづらいだろう。そう思ったこともあり、私は旅館の仕事に就かなかった。

兄が結婚したあとも、あまり頻繁に帰るとお嫁さんに気を遣わせてしまうと思って、私は正月とお盆ぐらいしか帰省していない。

さらに、その年の正月は風邪を引いたために帰省できなかった。

だから前回帰省したのはお盆だった訳だが、いつもと同じく、特に不安になるような話は聞かなかったので、兄は立派に番頭としての役目を果たしていると思っていた。だが、どうやらそれは違ったらしい。

兄嫁の話によると、確かに最初こそ父と同じく堅実に運営していたようなのだが、兄は何を思ったのか、ある日を境に『もっと旅館をよくしたい』と奮起し始めたという。

それだけなら別に困ることもないのだが、兄はとにかく楽観的で、昔からあまり物事を深く考えないところがある。

そうしてあれこれ手を出しては失敗するということを、ここ最近では繰り返していたようだ。

『次はなんとかなるさ！』という相変わらずの楽観主義を貫いた結果、気づけば借金がかさんでいたという。

だというのに、兄は懲りずにまた訳のわからない事業に手を出そうとしている。

頼みの綱である私たちの母——女将も兄と同様、楽観主義でどうにもならない状態らしい。

『沙耶さんだけが頼りなんです。もう、私の力ではどうにも……』

憔悴した様子の兄嫁の言葉に、私は青ざめたなんてものじゃなかった。

これはもう、緊急事態である。

母と兄に任せていたら、兄嫁の心配通り、瀬野は早晩経営破綻してしまう。

父が必死に守ってきた、旅館瀬野。それを兄の代で潰す訳にはいかない。

話を聞く限り、今の瀬野は崖っぷちにある。

私が実家に戻って立て直しを図らなければ、家族も従業員たちも路頭に迷うことは必至。

今の瀬野には、私が必要なのだ。現実を見ている兄嫁も、三歳の男の子を抱え、さらにお腹の中には新たな命が宿っている。

彼女一人に、この旅館の窮地を救ってほしいと頼むのは酷な話だ。

そんな事情があり、私は直の手を取ることができなかったのだ。

直が日本を発ってすぐ、私は部長に退職の旨を伝えた。

突然の申し出だったので、かなり渋られたが、事情を話すと最終的には了承し、励ましてくれた。

無理なお願いだったにもかかわらず『あとのことは大丈夫だ』と言ってくれた部長に

は感謝してもしきれない。

それからの私は、誰にも気づかれないよう細心の注意を払いながら引き継ぎ用のマニュアルを作り、部下たちに少しずつ仕事を移して退職の準備を進めた。

だから社内で私の退職理由を知っているのは、部長だけだ。

皆に内緒にしてほしい、という我が儘なお願いを、部長は律儀に守ってくれた。

未だに同期の誰からも連絡がこないのが、その証だろう。

当時のスマホも解約してしまったので、同期たちと連絡を取る手段はもうない。

何も言わずに姿を消した私のことを、彼らはきっと怒っているだろう。

薄情なヤツだとも思っているかもしれない。

だけど、あのときの私は、誰にも知られずに実家へ戻りたかったのだ。

『一年後の三月、日本に戻ってくる。そのときに、もう一度話し合おう』

そう言ったときの直の表情は真剣そのものだった。一年後に必ず日本へ戻ってきて、再度私にNYについてきてくれと言うだろう。

そうすれば、自分の意思で別れを告げたはずの私なのに、再び迷うことになる。

いや、それどころか家族を捨ててついて行くと言ってしまうかもしれない。

そうなるのが怖かったから、私は彼から逃げる選択をしたのだ。

会社を辞めるときに同期たちに事情を伝えていたら、彼らは間違いなく直に私の居場所を告げていたはずだ。

それを恐れて、同期たちにも黙って逃げてしまった。

父が亡くなったときも、会社の取り決めで慶弔関係のやりとりをしなかったから、同期の皆は私の実家がどこなのか知らないはずだ。

でも、今になって思えば、そんな心配はしなくてもよかったかもしれない。

人の気持ちは変わるもの。

現に、直が言った約束の三月はとっくに過ぎたが、私のもとに彼が来るどころか連絡一つ来ていない。

彼が日本を発ったのが昨年の三月。あれから一年半が経ち、今は九月に入ったばかりだ。

まあ、スマホの解約に加え、実家の詳しい住所などは彼にも話していなかったので、たとえ私と会う意思があったとしても、居場所を突き止められずにいるのだろう。

とはいえ、そこまでして捜すほど、私に価値があるとは思えないが。

この一年半、時の流れを早く感じることもあれば、遅く感じることもあった。

旅館の経営や仕事に精を出している間は、直のことを忘れていられる。

けれど、ふとしたときに思い出すと、別れを告げたあの日から、自分の気持ちが何も変わっていないことに気づいて愕然としてしまう。

新しい人生の第一歩すら、まだ踏み出せていないのかと思うと、複雑な気持ちだ。

私がウジウジと悩んでいる間にも、直は彼らしく生きているのだろう。

そうなってほしいと望んでいたのに、なんだか無性に寂しくて苦しい気持ちになる。

私一人だけ取り残されたように感じるなんて、我が儘以外の何物でもない。

また直のことを考えてしまい、無限ループに陥りそうになる思考を頭を振って阻止した。

私に恋愛事で悩んでいる暇なんてない。そんな時間があるなら、瀬野の経営立て直しについて考えなくては。

だが、それこそが最も頭の痛い案件なので、知らぬうちにため息が零れてしまう。

今日一日で何回ため息を零しただろうか。

ため息の数だけ幸せが逃げるとよく言うが、それなら私の幸せはとっくの昔になくなってしまっていることだろう。

「さてと、そろそろ旅館に戻らなくちゃ」

銀行からの帰りに神社へ寄り道をしてしまったが、いつまでも油を売っていてはいけない。

急いで帰らないと、宿泊客のチェックインの時間に間に合わなくなってしまう。

私は鞄からハンカチを取り出して首筋に浮いた汗を拭い、着物の襟を直して日傘を開いた。

草履の音をパタパタと立てながら、来た道を慌てて戻っていく。

すると、どこかから私を呼ぶ声がした。

キョロキョロと辺りを見回すと、私に手を振っているご婦人がいる。

「沙耶ちゃん、こんにちは」

「木島屋のおばちゃん。こんにちは！」

彼女は瀬野の近くにある商店街で、木島屋という和菓子屋を営んでいるご婦人だ。

私は昔からそこの和菓子が大好きで、今でもよくお邪魔させてもらっている。

手を振りながら近寄ると、彼女は目尻いっぱいに皺を作ってほほ笑んだ。

「すっかり若女将が板についてきたようねぇ、沙耶ちゃん」

「そうですか？　私なんてまだまだですよ」

とんでもないと手を振る私に、おばちゃんはますます目尻の皺を深めた。

「商店街の人たちも言っていたわよ。美人若女将が帰ってきたから、旅館瀬野は安泰だって」

「ははは」

私が帰ってきたぐらいで瀬野の経営は好転しないし、美人だなんて明らかなお世辞を言われても反応に困ってしまう。

力なく笑う私の背中を、おばちゃんはポンと叩いてきた。

「そんな湿っぽい顔しないの。美人さんが台無しよ」

「おばちゃん……」

「商店街の皆、沙耶ちゃんを応援しているからね。困ったことがあったら、いつでもいらっしゃいよ」

おばちゃんの気持ちが嬉しくて温かくて、鼻の奥がツンと痛くなった。

木島屋のおばちゃんだけじゃない。商店街の知り合いや地域の人たちも、会う度に同じように励ましてくれている。

それがとても嬉しい反面、皆の期待に応えることができない自分の無力さに情けなくなってしまう。

またね、と朗らかに笑って去っていくおばちゃんの後ろ姿を見送る。

あれこれ考えても直との関係は戻らないし、瀬野の経営も崖っぷち状態のまま。

今の私は恋愛なんて二の次、瀬野の立て直しのことだけを考えるべきなのだ。

私が戻ってきたとき、瀬野はかなり悲惨な状況だった。

兄嫁が泣いて縋ってくるのも仕方がないと思ったほどだ。

兄の能天気さを、私はわかっていたつもりで全然理解していなかったのかもしれない。

兄嫁に電話を貰ってすぐ、久しぶりに旅館瀬野に足を踏み入れた私は、すぐに異変を感じ取った。

今まで見たことのない大きな壺や掛軸、絵画などがあちこちに飾られていたからだ。

確かに私も、ここ最近は仕事が忙しく、なかなか帰省できずにいたのだが、前回の帰省時からあまりに様変わりしていた館内に唖然としてしまった。

おまけに飾られた品々も、老舗旅館には似合わないものばかり。絵画は海外の作家が描いた抽象画だったし、掛軸にいたっては『これ、私が描いた方がうまいんじゃない？』と言いたくなるほど値打ちのなさそうな代物だった。

目が点になるとはこういうことを言うのだろう。

あまりの衝撃に口元を戦慄かせていると、兄はいつも通り能天気に笑って言った。

「おかえり、沙耶。どう？　素敵な骨董品だろう？」

「……」

私は骨董品についてはよくわからない。だが、そんなど素人の目から見ても、これらの作品はＢ級品にしか見えなかった。

けれど、兄は得意満面で作品の説明をし始める。

「この掛軸はね、沙耶。かの有名な文豪が書いたと言われている日本画を表装してね――」

「ねぇ、兄さん」

「ん？」

兄の言葉を遮り、私は腕組みをして壁に背を付ける。

「『かの有名な文豪』って、誰？　ついでに文豪なら普通文章を認めるものでしょう？

この人、絵も描くの？」

「へ？」

「へ？　じゃなくて、かの有名な文豪は誰かって聞いているのよ！」

「えっと……誰だったかなぁ？　で、でも！　有名な人だよ、うん」

しどろもどろな兄の様子に、私は確信した。

これは絶対にまがい物。骨董商に騙されたに違いない。

「兄さん、この骨董品はどこで買ったの？」

「えっと、あの……」

「どこで買ったのかって聞いているの！」

「ヒィッ！」

ついに怒鳴り声を上げた私に、さすがの兄も怯えたようだ。

化け物にでも遭遇したかのような悲鳴を上げたあと、恐る恐るといった様子で骨董商の名前を口にする。

すぐさま調べたところ、やはりそんな骨董商は存在していなかった。

その後、伝(つて)を辿(たど)って信頼の置ける骨董屋の主人に兄が買った品々を鑑定してもらったのだが、結果は無残なものだった。

どれもこれもまがい物ばかりだったのだ。

兄が支払った金額と鑑定額の差額は……恐ろしくて口に出したくないほどだった。

しかも、その詐欺(さぎ)師はすでに行方をくらましていて、連絡を取ることもできない。

泣き寝入りをするしかなく、あとにはただガラクタと借金だけが残るという大惨事だった。

それだけならまだしも、兄は様々な事業に手を出して、そちらもすべて失敗していた。

まずは旅館自慢の漬物を通信販売で売ろうと試(こころ)みたようだが、初期投資にお金を使いすぎてしまい、肝心な運営が全くできずじまい。

次に古くなった客室のリフォームをすべく業者に依頼していたようなのだが、頭金を払った途端にその業者が倒産。そのまま夜逃げされてしまい、頭金として支払ったお金はすべて水の泡になってしまったという。

とにかく瀬野の現状を把握(はあく)したいと思った私は、すぐさま旅館の経営顧問を務めてくれている会計士の先生を呼んだのだが……

そこで見せられた過去五年分の決算書に、目眩(めまい)がした。

これだけ経営が悪化しているにもかかわらず、よくもまぁ骨董品やら通販事業に手を出せたものだと呆れ返ってしまった。

呆然として決算書類を見ている私に、顧問会計士の先生は申し訳なさそうに頭を下げる。

「番頭さんにも、このことはきちんと説明させていただいたんですが……なかなか聞き入れてもらえず……。女将さんにも訴えたのですが……私の力が及ばず、申し訳ないです」

先生は会計のプロだ。色々な企業を見てきている彼が指導をしてくださったというのに、聞き入れないとはなんたることか。

我が家のツートップが『大丈夫、大丈夫！』と言って、暢気に笑う場面が容易に想像できた。

会計士の先生には『どうか、力をお貸しください』と改めてお願いをしたのだが……、ここからどうやって立て直していけばいいのか、途方に暮れてしまう。

私もOL時代は会社の経営に携わる部署で働いていたが、大企業の経営と小さな旅館の経営は、似ているようで全然違うのだ。

ゼロからの出発、いやマイナスからの出発だった。

泥船に流れ込んでくる水を、バケツで必死に掻き出し続けなければ、すぐにでも沈んでしまうこの状況。所謂、自転車操業というヤツである。

だが、船がなんとか水に浮いている内はそれでも足掻こう、そう心に誓ったのだ。

私が目を光らせているので、兄が新たな事業に手を出そうとすることもなく、価値のない骨董品を買うこともなくなった。

新たに大赤字を生むような事態は、未然に防げているはずだ。

しかし、まだまだ赤字は多いし、借金も減らない。

救いはこの瀬野に『老舗旅館』という看板があることだ。そのおかげで、常に全室埋まるというほどではないが、多くのお客様が旅館瀬野を利用してくださっている。

それに、先ほどメインバンクの融資担当者と話した限りでは、なんとか融資をしてもらえそうな雰囲気だった。

「うん、大丈夫。少しずつ、少しずつよ」

自分に言い聞かせるように頷いたとき、ちょうど旅館に辿りついた。

日傘を閉じて裏口から入ると、「若女将！」と元気な女性の声に呼び止められる。

「良子さん。どうかされましたか？」

私は額に浮かんだ汗をハンカチで拭いながら、彼女の方に向き直る。

彼女は、この旅館で長年働いてくれている仲居さんだ。女将――私の母が瀬野に嫁いでくる前からいる、ベテラン中のベテランである。

瀬野が今日まで営業できているのも、彼女や従業員の力があったからこそなのだ。

その良子さんが、なんだか難しい顔をして私に近づいてきた。

「女将がお呼びですよ」

「女将が？」

私が母に呼ばれること自体は、よくあることだ。

だが、良子さんの様子からして、何やら厄介事に巻き込まれそうな気配を感じ、思わず眉間に皺が寄る。

何かを察知した私に、良子さんは小さく頷き、耳元で囁いた。

「何やらまた、とんでもないことを言い出しそうな雰囲気でしたよ」

「とんでもないこと……」

「ええ」

良子さんは神妙な面持ちで頷く。

嫌な予感しかしないが、私が行かなければならないだろう。

「良子さん、そのとんでもないことって？」

大きく息を吐いて彼女を見つめたが、詳しいことはわからないと首を振る。

女将がやろうとしている『とんでもないこと』を知るには、本人に聞く以外ないようだ。

良子さんがここまで心配そうにしているということは、やはり女将はこちらの心臓に悪い、恐ろしいことをしようとしているのだろう。

考えただけで気落ちしてしまうが、こうしてはいられない。

良子さんにお礼を言ったあと、私は女将の部屋へと急ぐ。

すると、襖を少し開けて廊下をキョロキョロと見回す女将――母を発見した。

「何をやっているの……？　女将」

「あらぁ、沙耶ちゃん。待っていたのよぉ」

相変わらず緊張感のない声で返事をする女将を見て、私はガクッと肩を落としてしまう。

手をヒラヒラと上下に動かし、私に早く来てとばかりに目を輝かせている。

少女がそのまま大人になったと言っても過言ではないその態度。

私とは何もかもが正反対であるため、血が繋がっていると言われても、正直疑ってしまうほどだ。

私は慎重派であり、ネガティブ思考だ。一方の母は何事にも大胆で、ポジティブ思考をしている。

もちろん見た目も正反対。私はクール系、母はキュート系と、何もかもが違っている親子なのだ。

そんな母は、私を部屋の中へと招いてきた。どうやら人には聞かせたくない話をするつもりらしい。

盛大なため息とともに入室すると、満面の笑みを向けられた。この時点で嫌な予感しかしない。

「ほらぁ、沙耶ちゃん。こっちに座って？」

「う、うん……」

そのご機嫌な様子に警戒を強めつつ、私は座布団に正座した。

だが、目の前の母はニコニコと笑うだけで、本題に入らない。

柱にかけられた時計に視線を向ける。そろそろチェックインの時間になるはずだ。

今日は平日ど真ん中の水曜日なので、宿泊客の人数は少ないが、若女将としてはお客様一人一人にしっかりご挨拶をする必要がある。

未だに話を切り出さない母に痺れを切らし、私は背筋を伸ばして冷ややかな視線を正面に向けた。

「女将」

「あらぁ、なぁに？　沙耶ちゃん」

「なぁに？　じゃないわよ。女将が私を呼んだんでしょう？」

「もう～、そんなに怒らないの。沙耶ちゃんは、せっかちなんだからぁ」

「せっかちって……女将、もうすぐチェックインの時間ですよ！」

語尾を強めに発音して窘めても、「まぁ、本当ねぇ」と相変わらず間延びした声で返事が返ってくるだけだった。

チェックインの時間は刻一刻と近づいている。会話を始めない女将に付き合っている暇はない。

「女将。なんだか時間がかかりそうだから、話はあとで聞きますね」

とにかく今は、早々に退出した方がいいだろう。

早くお客様をお出迎えする準備をしなければと腰を上げた私を、女将は再度止めてきた。

けれど、やはり本題には入らず、ニコニコと笑っているだけだ。

「だから、時間がないんだって！　お母さん！」

仕事中はいつも『女将』と呼びかけているのだが、苛つきのあまり、つい素が出てしまった。

慌てて口を押さえる私に、母はフフッと楽しげに笑う。

「いいのよ、沙耶ちゃん。だって私は、貴女のお母さんで間違いないんだもの」

「それは、そうだけど……でも、今は仕事中でしょう」

「もう、沙耶ちゃんってば。相変わらず真面目で堅いんだからぁ」

女将はもう少し堅くなって、しっかりした方がいいと思う。

そう伝えようとしたのだが、次に女将が発した言葉に、私の口からは気の抜けた声しか出なかった。

「え?」

「もう! 沙耶ちゃん、きちんと聞いていたの? ……だからぁ、うちの経営立て直しを、経営コンサルタント会社の人に頼んだからね」

「ハァ!?」

「うふふ、近々会社の方が来られるから。沙耶ちゃん、お話を聞いてあげてね」

言うことは言ったと満足そうにほほ笑む女将の態度に、私は唖然としてしまう。

経営のことはほとんど兄任せだった女将なのに、どうして突然やる気になったのだろうか。

何より、彼女の口からコンサルタントなんて言葉が出てきたことがビックリだ。

女将の知り合いにコンサルタント会社の人がいるとは聞いた覚えがないし、もしかしたら、詐欺に遭っているんじゃないだろうか。

「女将……どういうことですか?」

「どういうことって? 沙耶ちゃんってば、おかしなこと聞くのね。だって、瀬野は潰れかかっているでしょ? だから私もなんとかしなくちゃって思ったのよ」

確かにその通りだし、だからこそのコンサルティングだ。けれど、まさか女将の方からそれを提案してくるとは思わなかったから聞き返したのに。

いつものパターンだと、これはきな臭い。完全に黒。騙(だま)されているに違いない。

私は再び腰を下ろして正座する。スッと背筋を伸ばし、真剣な面持(おもも)ちで女将を問い詰めた。

「それ、どこのコンサルタント会社？　騙(だま)されているんじゃないの？」

「もう、沙耶ちゃんってば。大丈夫よぉ」

絶対に大丈夫じゃない。このまま放置しておけば、絶対に痛い目に遭(あ)うはずだ。

コロコロと可愛らしく笑う女将は、私のこの不安げな態度を察知できていないのだろうか。

世間話をするような軽い口調で続ける。

「ちょうどね、沙耶ちゃんが銀行に行っている間にお見えになったから、お話を聞いたのよ」

「って……ついさっきのことなの？」

「そうよぉ」

ニコニコ顔の女将に、私は頭を抱えた。

私が銀行に行っていたのは、時間にして小一時間ほどのはずだ。

その短い時間で、自称コンサルタント会社の人間は、よほどうまく女将を丸め込んだらしい。

これは凄腕詐欺師に間違いないだろう。

元々、女将も兄も騙されやすい性格だ。

すぐに人を信用してしまうお人好しなので、騙されていても気がつかない。

それだから、今この旅館の経営が崖っぷちに立たされているというのに、女将はまだ懲りていないようである。

私は女将の両肩に手を置き、説得を試みた。

「女将、それはどう考えても詐欺よ」

「だからぁ、大丈夫だって。きちんとした会社の人よ？」

「きちんとした会社の人って……どこの会社の誰よ」

相変わらずの危機感の薄さに苛立っていると、女将は朗らかに笑う。

これは私をどうにかして煙に巻こうとしているときの態度だ。

気づいた私は、再び同じ質問を繰り返す。

「で？」

「ん？」

「そのコンサルタント会社の名前は？　担当者名は？」

「あら～」

「あら～って……まさか、聞いていないの？」

「聞いたのよ？　だけど、お名前を忘れちゃったわ」

「はぁ!?」

頭痛がしてきた。ガックリと項垂(うなだ)れる私に、女将は慌てて言い募(つの)る。

「でも、大丈夫！　大きな会社だって言っていたし、なんかアメリカに本社があるんですって」

「だから！　それが嘘かもしれないんだってば！　まさかもう、契約金とか払っていないわよね？」

「沙耶ちゃん、怖いわぁ～」

「怖いわ～じゃない！　私は真剣に聞いているの！　仮にその話が本当だとしても、有名コンサルタント会社にお願いできるほど、我が家にお金はないわよ！」

そんなところに頼める余裕があるなら、とっくの昔に頼んでいる。

必死にあれこれ立て直しを図(はか)ってやっとこれからというときに、さらに多額のお金が必要になるなんて……お先真っ暗だ。

怒りに任せて女将に詰め寄ると、彼女は首を横に何度も振る。

「大丈夫よ、沙耶ちゃん」

「全然大丈夫じゃないっ！」

いい加減、泣きたくなってきた。先ほど銀行に行ったのだって、融資のお願いをするためだったというのに……

この上コンサルティング料を取られるとなれば、経営立て直しどころか、その契約料のせいで旅館が潰れる可能性だってある。

本末転倒、まさにその言葉を地でいくつもりか。

泣きたい。だが、泣いている場合じゃない。

グッと唇を噛みしめていると、女将は慌てて口を挟んできた。

「大丈夫！　だってタダなんですもの」

「タダ……？」

思わず耳を疑った。驚いて女将に視線を向けると、満面の笑みでピースサインをしている。

「これは頼まなくちゃ損だと思ったの～」

誰か私を助けてほしい。こめかみをグリグリと押さえながら、ため息を何度も零す。

私より長く生きているはずなのに、この人はどうしてこうも常識が欠落しているのだろう。

――タダより高いモノはない。そんなの世間の常識だ。

この母親にして、あの兄あり。本当に頭が痛い。

亡くなった父がこの場にいたら、絶対に女将を叱っていたはずだ。

やっぱり私が戻ってきて正解だった。

ダンと音を立ててテーブルに手をつき、未だにはしゃいでいる女将を私はジロリと睨みつける。

「とにかく、この話は断るから」

「何言ってるのよぉ、沙耶ちゃん。こんないい話ないでしょ？」

「いい話すぎて、信用に欠ける！　とにかく、その担当者が来たら断るからね」

「えー、だってこの旅館、このままじゃ潰れちゃうわよ？」

そうなってしまったのは誰のせいかと問いたい。

腰を上げて襖に手をかけると、私は女将を振り返った。

「うまい話に乗って、今までどれだけ痛い目に遭ったと思っているの？」

「むー、それはお兄ちゃんでしょ？　私は話に乗ってないもーん」

「兄さんを止めなかった女将の責任でもあるの！　とにかく、お断りするからね！」

勢いよく襖を閉めたが、女将はまだ何やら文句を言っているようだ。

それを聞かないふりをして、私は急いでフロントへと向かう。

「本当に油断も隙もない！」

まだまだ先は長いが、赤字は少しずつ減ってきているのだ。

今、いらぬ投資はしたくないし、そんな局面でもないだろう。

とにかく、私がその経営コンサルタント会社とやらを蹴散らして、この話はなかったことにさせなくちゃ。

グッと拳を握って決意を固めていると、ロビーに人が入ってくる気配がした。お客様だ。

私は慌ててそちらへ向かい、旅館についたばかりの彼らに笑顔を向ける。

「ようこそ、おいでくださいました。お荷物お持ちいたしますね」

今日はあまり予約が入らなかったが、まだあと二組はいらっしゃる予定だ。

とにかく今は、目の前の仕事に集中しなければならない。

若女将として恥ずかしくないよう、そして――この旅館瀬野を守るために頑張ろう。

決意新たに、私は背筋を伸ばしてお客様に笑顔を向けた。

2

「若女将！　お電話が入っていますよ」

「ありがとう、良子さん。どなたから？」

「若女将が以前勤めていた、東京の会社の同期だとおっしゃる方からで……」

「っ！」

言葉をなくす私に、良子さんは笑顔で電話の子機を渡してきた。

「片付けは済みましたし、ここも大丈夫ですから。若女将はもう上がってください」

「で、でも……」

良子さんの言う通り、客室から夕食のお膳はすべて下げ、お布団も敷き終わっていた。あとは諸々の片付けがあるぐらいなので、時間に余裕はある。

だが、その電話にはあまり出たくないので、できれば仕事が忙しいと言って切ってしまいたかった。

けれど、そんなことを知らない良子さんは私に気を遣ってくれているようで、ニコニコとほほ笑みかけてくる。

「久しぶりなんでしょう？　積もる話もあるでしょうし、ゆっくり話してきたらどうかしら」

「そ、そうですね……」

確かに積もる話はある。でもその大半は、私が謝罪しなければならない案件ばかりなのだ。

頬を引き攣らせている私の背中を押してくる良子さんに、私はついに厨房から追い出されてしまう。

「ほら、ここはもういいですから。お疲れ様でした、若女将」

「お、お疲れ様です。ありがとうございます」

お礼を言うと、良子さんは小さく頷いて厨房に戻ってしまった。

誰もいない静かな廊下で、私は恐る恐る保留を解除して子機を耳に当てる。

「もしもし」と電話に出ると、懐かしい人の声がした。だが、恐ろしいほど低い声だ。

『あ～ら、若女将。ずっとそんなところに隠れていたの？』

「文恵……よね？」

『そうよ、文恵さんよ。貴女が以前勤めていた会社の、同期だった文恵さん！』

怒り心頭といった様子の文恵に、私の口元がヒクつく。

電話の主は、会社の同期、秋野文恵だった。

同期の中で一番仲良くしていた彼女にも、私は何も言わずに行方をくらましたのだ。

彼女の声に怒りが含まれているのも当然である。

申し訳なさに言葉を詰まらせていると、文恵は盛大なため息をついてから呟いた。

『元気そうね』

「うん……文恵は、元気だった？」

『ええ、元気よ』

「よかった」

ホッと胸を撫(な)で下ろしたが、一つの疑問が湧(わ)き上がってきた。

どうして彼女は、私に電話をかけてこられたのか、ということだ。

私が退職したのは一年前。それも直属の上司にしか事情を告げず、逃げるように会社を去った。

仲良くしていた同期たちにとっては、まさに寝耳に水の状態だったと思う。

彼らは、私が会社を辞めた理由も、私がどこへ行ったのかも知らない。

実家に戻ることくらいは考えたかもしれないが、私の実家が旅館を営(いとな)んでいることは彼らにも話していなかった。

それなのに、なぜ……？

私は、文恵に疑問をぶつけてみることにした。

「ねぇ、文恵。どうして私が実家にいることがわかったの？　それに私、実家が旅館だって、誰にも話していなかったよね？」

『まぁ、そうね』

「それなのに、どうやって……あ！」

一つだけ方法がある。というか、それしかない。

確信を持った私に、文恵は不気味な声で笑った。

『フフフ、経営企画部の部長から聞き出したわ』

「やっぱり……」

誰にも言わない約束だったのに……

言葉をなくした私に、文恵は今もなお、不気味に笑っている。

『大変だったわよ～。部長ったら、なかなか口を割らないんだもの。あの手この手でねぇ～。ようやく聞き出せたわ、うふふ』

怖い。怖すぎる……

同期どころか社員の間でも『姉御（あねご）』と称されるほどやり手な文恵だ。

その文恵に睨（にら）まれて、部長は震え上がったんじゃないだろうか。

そう考えると、部長はむしろ被害者だ。

辞めてからも迷惑をかけてごめんなさい、とここにはいない部長に心の中で謝罪する。

それにしても、なぜ今文恵は私の居場所を聞き出したのだろうか。

私が突如として姿を消したのは一年前なのだから、そのときに聞くのが普通だろう。

あえてこのタイミングで私の居場所を探ることに、何か意味でもあるのだろうか。

そんな私の疑問に答えるように、文恵はポツリと呟（つぶや）いた。

『沙耶。私、結婚するの』

「え！　本当に？　おめでとう!!」

吉報に、自分の今の立場も忘れて喜ぶと、電話口の文恵は声色を和らげた。

『おめでとうって言ってくれるのね』

「当たり前でしょ!?　私たち、友達じゃない」

興奮のあまり口走ったあとに、ばつが悪くなった。

私は、今も文恵のことを友達だと思っている。だけど、彼女の方はどうだろうか。

もう友達だなんて思っていないかもしれない。

ズンと落ち込む私に、けれど文恵は弾んだ声で言った。

『ありがとう。私たち、離れていたって友達だよね！』

「文恵……！」

鼻の奥がツンと痛くなった。

感動のあまり、嬉し涙が零れそうになる。

鼻をすすろうとした私に、電話口の文恵はポツリと呟いた。

『私たちは友達。その認識でいいわよね？』

「う、うん……」

もちろんだ。文恵さえ許してくれるなら、友達のままでいたい。

だが、その声がどこか威圧的に感じて、私は目を瞬かせた。

電話口の向こうにいる文恵の姿を見ることはできないが、口角を意地悪く上げているような……そんな気がする。

肯定したことで、何かヤバいことが起きるんじゃないだろうか。

言葉を詰まらせた私に対し、文恵はクックッと意味深に笑う。

その怪しげな声を聞いて、ますます疑惑は深まっていく。

『友達なら、私の結婚を心から祝福してくれるわよね？』

「そ、そりゃあ……もちろん」

子機を手に、何度もコクコクと頷く。

文恵が幸せになるのだ。嬉しいに決まっている。だけど……

言葉を濁す私に、文恵は命令してきた。

『いいこと、沙耶。私の結婚を祝ってくれる気持ちがあるのなら、次の水曜日に東京へ戻っていらっしゃい』

「えっ⁉」

『いつもの居酒屋で、同期皆が私の結婚祝いパーティーを開いてくれる予定なの。もちろん、沙耶も来てくれるわよね？』

「……」

『来なさい。絶対に、来なさいよ！』

いいえとは言わさないわよ、と脅してくる文恵に、私は尻込みしてしまう。

どの面(つら)下げて、今更同期たちの前に出ていけるというのか。

無理。絶対に無理だ。一人で首を横に振ったあと、私は逃げの姿勢を見せる。

「えっと……水曜日は、仕事が忙しくて」

旅館に電話をかけてきたのだし、私が若女将であることを知っているくらいなのだから、その忙しさは文恵にも想像がつくはずだ。

ということは、仕事を理由に断れば、さすがの姉御(あねご)も諦めてくれることだろう。

「うちはさ、少人数で回している旅館だから。私がいなくなると、対応できなくなっちゃうんだよね」

嘘だ。平日の中日(なかび)は宿泊客も少ないので、私一人抜ける程度、何も問題はない。

その上、次の水曜日と木曜日は大浴場のメンテナンスを行うため、もともと旅館は休みの予定だったのだ。

とにかく、この場では嘘をつき通そう。私はどうしたって文恵や同期たちと顔を合わせることはできないのだから。

心の中で土下座しつつ、私は電話口にいる文恵に謝罪する。

「ごめんね、文恵」

行きたいんだけど行けない。そんなニュアンスで断った私に、文恵はフフフとこれまた恐ろしく低い声で笑った。

『大丈夫よ、沙耶』

「え？」

『水曜日と木曜日はお休みなんだから、来ることができるでしょ？』

「っ！」

なんでそのことを。口元をヒクつかせていると、文恵はフンと鼻を鳴らす。

『隠そうとしたって無駄よ、無駄』

「な、なんのことだか、私にはさっぱり？」

これはマズイ展開になってきた。今更遅い気もするが、ここはとぼけたふりで押し通すしかない。

言葉を濁す私に対し、文恵は鬼の首を取ったようにホホホと高笑いをした。

『沙耶のお母さんに、数日前に確認済みだし！』

「は、はぁ!?」

まさか母も一枚噛んでいたとは思いもよらなかった。

唖然とする私に対し、文恵はさらに続ける。

『とにかく。かくれんぼは、もうおしまいよ』

「文恵……」

『あれからもう一年よ。そろそろ皆の前に出てきてもいいでしょ？』

「……」

何も言えない私を、文恵は口調を和らげて諭し始めた。

『皆、アンタのことをすごく心配していたのよ。だけど、沙耶には沙耶の事情がある。そう思って、今までソッとしておいたの』

「……」

『私、結婚したら会社を辞めるの』

「会社を⁉」

『ええ、そうよ』

文恵の返事に、私は呆然としてしまう。

バリキャリな彼女は、これからもずっと仕事を続けていくと思っていたからだ。

言葉をなくした私に、文恵は苦笑を漏らす。

『彼の転勤が決まっているの。だから、私も彼についていくことにしたわ』

「そう……なんだ」

同期が、一人、また一人と減っていく。

私や直のように、彼らにもそれぞれの人生があるのだから、どうしようもないことだとわかっている。だけど、それがなんだかとても寂しい。

おまけに会社を辞めるのは、一番仲良しだった文恵だ。

黙りこくる私に、文恵はカラッとした声で言った。

『だからさ、沙耶。会いに来てよ』

「文恵……」

『皆だって、沙耶に会いたがっているのよ』

「……」

『いつもの居酒屋に夜七時集合よ。待ってるから！』

それだけ言うと、文恵は私の返事を聞くことなく電話を切ってしまった。

私に弁解と抵抗の余地を与えないためだろう。

ツーツーという電子音を聞きながら、私は天井を仰いだ。

「……行くしかないかぁ」

皆に会うのは怖い。だけど、ずっと会って謝りたかった。

詳しい説明をせず、それどころか一言も声をかけずに会社を去ったことは、私の心の中で罪悪感として残り続けている。

いつかは皆に、直との関係も含めて本当のことを話したいとは思っていた。

直とは別れたし、もう二度と会うこともないだろうから、今なら真実を話せる。

彼のことも、そろそろ過去として受け入れるべき時期がやってきたのかもしれない。

約束の日から、すでに半年が経った。直だって、私を忘れて新たな生活を始めているに違いない。

私も、未練を断ち切らねばいけないときがやってきたのだ。

これはいい機会なのかもしれない。文恵が退職してしまったら、今度こそ同期の皆に謝る機会がなくなってしまう。

私はすぐさま女将に相談をして、東京へ行かせてもらうことにした。

文恵が前もって事情を話してくれていたおかげで、すんなりと承諾を得られたことには複雑な思いを抱きつつも、ホッとする。

こうして土下座をしに行く覚悟で、私は水曜日に東京へと向かったのだった。

＊　＊　＊

約束の七時はすでに五分ほど過ぎている。だが、私は居酒屋の扉を開けずにいた。

店の前であれこれ考えていても始まらない。とにかく今は、中に入って同期の皆に謝罪することが重要だ。

わかっているのに、なかなか一歩が踏み出せない。

持っていた紙袋の取っ手をギュッと握りしめていたことに気づき、ハッとする。

この紙袋の中には、文恵への結婚祝いの品が入っているのだ。今日、ここにやってきたのは、彼女におめでとうとお祝いの言葉が言いたかったからでもある。

折角、文恵が用意してくれたチャンスだ。きちんと対応しよう。

「よしっ」

小さく拳をつくり、私はゆっくりと居酒屋の引き戸を開けた。

いらっしゃいませ！　という威勢のいい店員の声に迎えられた私は、連れが中にいることを告げる。

予約していた団体は一組しかいなかったようで、すぐに奥の座敷に案内された。

ごゆっくり、という店員の明るい声をバックに、私は意を決して襖に手をかける。

すると向こう側から、誰かが勢いよく襖を開けた。

「遅いよー、沙耶！」

「ふ、文恵……」

ビックリして目を丸くしている間に、私は文恵に腕を掴まれて座敷の中へと連れ込まれてしまった。

「はいはい。沙耶は、この席ね」

無理矢理座布団の上に座らされ、思わず俯く。

皆の視線を一身に浴びて居たたまれない気持ちになるが、私は顔を上げ、同期の皆を見回した。

一年ぶりに見た彼らの顔に、懐かしさと申し訳なさが同時に胸に込み上げてくる。

グッと奥歯を噛みしめたあと、私はガバッと頭を下げた。

「色々と内緒にしていてごめん！　何も言わずに会社辞めてごめん！」

怒られるのを覚悟でやってきたが、やっぱり緊張してしまう。

けれど、今日は文恵の結婚祝いの席だ。あまり空気が悪くなるようだったら、すぐさまお暇（いとま）しよう。

そう思っていると、背中をポンと叩かれた。

慌てて顔を上げると、文恵が腕組みをしてニカッと笑っている。

他の同期たちも、ニヤニヤしながら私を見つめていた。

「何を内緒にしていたって？」

「……会社を辞めた理由と、直と付き合っていたことだけど……」

直と付き合っていたことは、今更言わなくてもいいかと思ったが、私が皆に何も言わず会社を辞めた理由を話すとなると、それを言わずには説明ができない。

そう考えてカミングアウトしたのだ。

彼との関係を、同期の皆にはもちろん、会社関係者には内緒にしていた。

直と付き合い始めた頃の私は、彼との未来に自信が持てず、公言できなかったのだ。

直はモテたから、彼のファンに睨（にら）まれるのが厄介だったというのも、皆に内緒にしていた理由の一つでもあった。

　別れた今なら、きちんと話せる。そう思って伝えたのだけれど……

　こうして皆の顔を見るに、私一人だけが何か噛み合っていないように感じてならない。

　戸惑いつつ文恵の顔を見ると、再びフンと鼻を鳴らして自慢げに言い放つ。

「沙耶は志波君と付き合っていたことを内緒にしていたつもりみたいだけど、バレバレだから」

「ま、まさか……そんな！」

　驚愕のあまり声を上げる私に、文恵は楽しげに笑った。

「うそじゃないわよ？　ここにいる同期みーんな知っていたわよ」

　ヨロヨロと力なく畳に手をつけば、皆が私を見て噴き出した。

　同期の皆は、口々にあの頃の私たちのことを言い出した。

「瀬野が必死に隠しているのを見て、志波が面白くなさそうにしていたよな」

「そうそう。瀬野に近づく男を睨みだけで牽制していてな」

「なのに沙耶だけ隠そうと必死なのが、また面白くって」

「ね！　でもバレバレなの。だって志波君ったら、沙耶のこと甘ったるい表情で見つめているんだもん」

「これで隠しているつもりなの？　っていうぐらい、二人で甘い雰囲気醸し出していてね〜」

頭が痛くなってきた。グリグリとこめかみを押しながら、私は皆の会話に耳を傾ける。

普段から目敏い同期の皆が何も言わないから、うまくごまかすことができていたと思っていたのに……

まさか私と直が付き合っていることを知ったうえで、黙って見守ってくれていたとは。

今更だが、恥ずかしさで顔が熱くなる。

顔を真っ赤にさせていると、文恵が私の顔を覗き込んできた。

「ってことで、沙耶と志波君が付き合っていることは、みーんな知っていたというわけ。だから、全然内緒になってなかったから。その点については気にしなくていいわよ」

「ううっ……」

「だからこそ、志波君の送別会のとき、二次会もせずに早々と解散したんでしょうが」

「あ……」

いつもなら二次会に繰り出すところなのに、あっさりと一次会で解散になったことを思い出す。

あの夜、そのことについて違和感を抱いていたのは確かだ。

彼らは、私と直を早く二人きりにしてあげようと気を利かせて、あの行動を取ったのだろう。

頭を抱える私を見て、文恵は眉尻を下げた。

「部長に聞いたわ。実家の旅館を立て直すために、会社を辞めたんだってね」

「……」

「だけど、私たちに何も言わずに去ったのは……志波君に居場所を知られたくなかったから。違う？」

その通りだった。

彼が私を訪ねてきたら、私は実家の旅館を見捨ててしまうかもしれない。そんなふうに思ったからだ。

私は直が好きだった。だからこそ、怖くて逃げた。

彼の手を取ってしまったら、旅館瀬野は廃業への道を辿ってしまう。

それがわかっていたために、私は彼が追ってこないよう姿を消したのだ。

涙が零れ落ちそうになるのをグッと堪えて、私は小さく頷いた。

すると文恵は、私の頭をギュッと抱きしめてくる。

「文恵？」

「もう、逃げなくてもいいんじゃない？」

「え？」

「私たちからも、そして……志波君からも」

直の名前を聞いて、私は慌てて彼女の腕の中で顔を上げた。

私と視線が合うと、文恵は柔らかくほほ笑んで、もう一度私をギュッと抱きしめてくる。

「文恵……？」

「かくれんぼは、もうおしまいよ」

意味深な言葉と表情に、私は危機感を募らせた。

今日、私をこの場に呼んだのは、文恵の結婚祝いをするからということだった。

だけど、もしかして他にも理由があるとしたら？

彼女の腕の中で硬直していると、一人の男性が見計らったように座敷へと入ってくる。

胸が痛い。ドキドキしすぎて、息がうまくできない。それでも意を決して、入ってきた人を見る。

──そこには、ずっと会いたかった人が立っていた。

「直……？」

一年半前に別れを告げて以来、彼とは会っていない。連絡も取っていなかった。

久しぶりに会う彼は、また一段と男の色気が増しているように見える。

異国の地で、彼がどんなふうに過ごしてきたのか。仕事をしていたのか。

自信に満ち溢れた彼の表情を見れば、その期間がどれほど充実していたのかがよくわかる。

ドクンドクンと速まっていく胸の鼓動だけが聞こえ、私はただ彼を見続けることしかできずにいた。

彼の目は、確実に私に向けられており、その強い視線に私は身じろぎもできない。

ツカツカとこちらに近づいてきた直は、文恵の腕の中にいた私を強引に引っ張り、自らの腕の中へと導いてしまった。

逃げなくちゃ。直に触れてはいけない。

そう思っているのに、私の身体は彼の体温に安堵してしまっている。

マズイ、本当にマズイ。

彼は危険すぎる。私の心を揺さぶるのは、いつだって直だけだ。

今のこの状況に危機感を募らせていると、直は私の耳元で囁いた。

「俺から逃げようとした落とし前。どうつけてもらおうか？」

相変わらずの俺様発言にさえ、懐かしさを感じてしまう。

だが、今はとにかく離れなくては。直に捕まってしまったら、心も体も捕らわれてしまう。

彼の腕の中から飛び出そうと体勢を整えたときだった。

文恵の恐ろしく低い声が響き渡る。

「あ～ら、沙耶。もしかして逃げる気？」

「ふ、ふ、文恵……」

彼女の声には、怒りが込められているように感じた。

慌てて振り返ると、彼女は腕組みをしつつ、私を睨むように見つめている。

「私の結婚祝いをしてくれるつもりで、今日はここに来たんでしょう？」

「うっ！」

「すっごく心配をかけた同期への結婚お祝い、しっかりとしてくれるわよね？」

彼女の唇が、キレイに弧を描く。こんな表情をしている文恵からは逃れられない。

私は、そのことを入社時からよく知っている。

「わかりました……」

文恵の強引さに降参した私は、結局その場に残ることになってしまった。

「さぁーて、久しぶりに同期皆が揃ったんだから。パーッと呑みましょう！」

私と直にグラスを持たせた文恵はビールを注いでいく。そこでようやく、皆の再会を祝って乾杯をした。

久しぶりに同期が全員集まったことは、素直に嬉しい。

こんな日が再び訪れるなんて思ってもいなかったからだ。

だけど、この状況はいただけない。

チラリと自分の左手を見る。そこには、男らしい大きな手が、もう放さないとばかりに私のそれを掴んでいた。

なんとか、この状況から抜け出そうとするのだが、その度にギュッと力強く握りしめられてしまう。

さらに彼は、私に熱い視線を向けてくる。メガネの奥に情熱的な目が見え、それと視線が合う度に、私の心臓はこれでもかというほど高鳴ってしまう。

私は、直とは別れた。少なくとも、私はその意思をきちんと示したはずだ。

それなのに、どうして私は彼に手を握られながらビールを呑む羽目になっているのだろう。

私を嵌めた張本人である文恵に恨みがましい視線を送る。

だが、彼女は嬉しそうにピースサインを送ってくるのみ。それならば、と他の同期に視線を向けたのだが、彼らもニヤニヤと楽しげに笑っている。

ここにいる全員が、直の味方だということだ。

何度も抵抗してこの場から逃げようとする私に、ついに直はメガネの奥の目を鋭くさせた。

「逃がさないって言っただろう？　お前は俺の隣にずっといればいい」

「っ‼」

その瞬間、直からゾクゾクするほどの色気を感じてしまい、私は身体を硬直させる。

彼の指が、私の手の甲を撫でる。その手つきは、大事なモノに触れるようにゆっくりと丁寧だ。

その行為が、彼からの愛撫を思い起こさせる。

強引で俺様な言動が多い直だが、愛撫は丁寧で優しかった。

蘇ってくる記憶に戸惑った私は、慌てて制止するが、彼の指は止まらない。

「自分の女を可愛がっているだけだ、咎められるいわれはない」

「ちょ、ちょっと！　直！」

直がとんでもないことを言い出したので、私は慌てて同期たちに視線を向ける。

どうやら今の発言は聞いていなかったようで、各々酒を酌み交わしては楽しそうに話している。

ホッと胸を撫で下ろしたが、続く直の言葉に身体中が熱くなった。

「もう、沙耶を逃がすかよ」

「直……？」

そう言うと、直はようやく私の手を放してくれた。

そして甲斐甲斐しく料理を取り分けては、私に食べろとよこしてくる。

直がアクションを起こす度に周囲の目が気になったが、どうやら彼らは傍観すると決めたらしい。

特に冷やかされることもなくホッとしたが——いや、私の隣に直がいる時点で安堵などしていられない。

実際、ドキドキしすぎて心臓が壊れるんじゃないかと心配になるような状態だ。

そんな文恵の結婚祝いの席も、お開きに近づいていた。

私は今、東京から新幹線と在来線で何時間もかかる地域に住んでいるのだ。

そろそろお暇しなければ、新幹線の最終便に乗り遅れてしまう。

旅館は明日もお休みだから、無理して帰る必要はない。文恵もそのことを把握しているだろうけど、『雑事はあるから』などと言って逃げてしまおう。

とにかく、直からは距離を置かなくてはならない。これ以上一緒にいたら、ドキドキしすぎて本当に心臓が壊れてしまいそうだ。

彼は今後もNYでバリバリ仕事をするのだろうし、私は落ちぶれた旅館をなんとか立て直さなければならない。

お互いの未来は、どうしたって重なることはないのだから。

それがわかっているからこそ、私は早く直から距離を置きたいのだ。

「ちょっと、文恵と話してくる。お祝いのプレゼントを渡さなくちゃ」

隣に座る直に断りをいれると、彼は小さく頷いた。

文恵が近くにいるなら、私も逃げ出せないと思ったのだろう。

ようやく解放された私は、少し離れた席に移動していた文恵に声をかけた。そして、持参していた結婚祝いの品を渡す。

おめでとうと告げたあと、これから帰らなければならない旨を話した。

「えー？　帰らなくていいでしょ？　明日もお休みなんだし」

「いやぁ……雑事があるし」

言葉を濁したのだが、やはり文恵は用意周到だった。

「あら、沙耶のお母さんからは、沙耶は木曜日も完全休みにしたって聞いているわよ。逃げる口実でしょう？」

「うっ……」

顔を引き攣らせた私があれこれ言い訳をする前に、文恵は直に視線を向ける。

「すぐ帰る必要はないんだから、付き合いなさいよ。それに、終電なくなったら、志波君とホテルに泊まればいいじゃない」

「なっ！」

何を言い出すの、文恵！　そう叫びたかったが、驚きすぎて声が出ない。

パクパクと口を動かすことしかできないでいると、文恵はニンマリと意地悪そうに笑った。

「だって恋人同士なんだし、何か問題でもあるの？」

「あ、あるわよ！　私と直はもう恋人じゃないの。とっくに別れたし」

「あれ？　志波君からは今も恋人同士だって聞いているけど？」

「それは直が勝手に言っているだけだから。一年半前、私は直に別れを告げているの。直が納得してくれないだけ。だから、直に見つかりたくなくて、こっそり会社を辞めたのよ。さっき、文恵だって知ってたって言っていたじゃない」

噛みつかんばかりの勢いで言うと、文恵は途端に神妙な顔つきに変わる。

その表情に私が言葉を詰まらせると、彼女は静かに諭してきた。

「ねぇ、沙耶。もう一度、志波君と話し合った方がいいと思うわ」

「話し合うって言っても……」

「どこからどう見たって、沙耶はまだ志波君のことが好きでしょ？」

「違うから」

声を絞り出すようにして嘘をついた。

文恵の言う通りだ。私はまだ、直が好き。先ほど直が私に触れてきたときに、それを確信してしまった。

ああ、私はまだ、この人のことが好きなんだ、と。

だからと言って、もうどうすることもできない。

頑(かたく)なに否定する私に、文恵は困ったように眉尻を下げる。

「別れるにしても、このままでいい訳がないでしょう？」

「……」

「志波君を納得させなくちゃ、彼も沙耶も、前に進めない。そうじゃない？」

「そう……だね」

文恵の言うことは正しい。

このまま私が逃げていても、問題が解決する訳じゃない。

相手はなんといっても志波直だ。一筋縄(ひとすじなわ)ではいかないことは、私が一番よく知っている。

だからこそ一年半前も、言いたいことだけ言って、逃げるようにして去ったのだから。

だが、今は状況が違う。彼は納得していないとはいえ、私たちは別れている。

加えて、彼の生活の拠点はすでにNYだ。今更、日本に戻ってくることはないだろう。

となれば、私の実家をどうにかすることは、物理的に無理だ。

そんな今なら、実家のことを話してもいいかもしれない。

彼を早々に解放しなくちゃいけない。私はもう、直の気持ちに応えることができないのだから。

「わかった。直を説得してみる」

「それがいいわ……ただ」

「え？」

言葉を濁す文恵に私が首を傾げると、彼女は肩を竦めて笑った。

「たぶん、失敗すると思うけど」

「ちょ、ちょっと、文恵⁉」

ギョッとして目を剥くと、彼女はしれっと言い放つ。

「だって、相手は『あの』志波直よ？　一筋縄でいくはずがないし」

「そ、そうだけど……」

そこは友人として、私を勇気づけてもらいたいところなのに。

唇を尖らせていると、文恵はまたニンマリと笑った。

「沙耶は甘いわよねぇ」

「え？」

どういう意味だろう。目を瞬かせながら文恵を見たが、笑ってごまかされた。非常に気になる。

問い詰めようとしたが、その機会は直に奪われてしまった。

「秋野、そろそろ沙耶を返してもらいたいんだけど」

「相変わらず、沙耶に対しては堪え性がない男ねぇ」

「堪える必要がないからな」

「出た！　俺様発言。沙耶と付き合っていることをオープンにできるようになったら、すぐこれだ！」

「なんとでも言え」

二人が言い合いをしている間に逃げてしまおうか。そんなことを考えて後ずさりをしたが、直に背後から抱きしめられてしまった。

「どこへ行くつもりだ？　沙耶」

「ど、ど、どこって……そろそろ帰らなくちゃ。終電に間に合わなくなるし」

「今日は帰らなくても大丈夫だと、秋野から聞いているが？」

文恵を振り返ると、ニシシとしたり顔で私を見ていた。

どうやら私の情報は、文恵経由で直にすべて伝わっている様子だ。

「いや、でも……」

咄嗟に断ろうとしたが、ふと先ほどの『別れるにしても、このままでいい訳がないでしょう？』という文恵の忠告を思い出す。

確かに、このままフェードアウトすることはできそうにない。

なんといっても、私を逃しはしないといった雰囲気の彼を放置したら……後々厄介なことになりそうだ。

今後どう転んだとしても、私と直が同じ道を歩くことは不可能なのだから、やっぱり彼にはきちんと説明した方がいい。

一年半前、その説明を怠ったせいで、この現状になっているのだから。

直から離れ、彼を見上げて大きく頷くと、なぜか文恵が私の腕に抱きついてきた。

「よぉーし！　沙耶、久しぶりなんだから呑むぞぉー！」

すると、同期の皆まで「うぇーい！」と乗り気の返事をする。

いや待って、皆。私はこれからすぐ直と話し合いをして、終電で帰るつもりなんだけど。

そう主張したが、誰も聞いていない。

次から次に話しかけられ、私は完全に帰るタイミングを逃してしまった。

結局、二次会へなだれ込み。ただいま、夜の十一時。

先ほど、ようやく同期たちから解放されたばかりだ。

新幹線の最終便も出てしまったというのに、私は未だに直と話し合いをすることができずにいた。

この時間だと、二十四時間営業のファミレスくらいしか開いていないだろう。

そんなところで別れ話はしたくないが、直と二人きりになる状況もなるべく避けたい。

危険な香りしかしないからだ。

直が日本に何日ほど滞在するのかはわからないが、この件については仕切り直しをした方がいいように思う。

以前と違い、二人ともアルコールを摂取しているし、私にいたってはそろそろ睡魔に負けそうである。

文恵から電話があった日から今日まで、緊張してあまり眠れていなかったからだ。

やっと皆に謝罪ができて、気が抜けたというのもある。

こんな状況で、真剣な話し合いはできないだろう。

直がこの後すぐに日本を離れるのならば、とりあえず連絡先を交換し、後日改めて電話かネット通話でもして、話し合いの場を設ければいい。

私は皆を見送りながら、隣に立っている直に声をかけた。

「ねぇ、直。私も今日は帰るわ」

「まだ、話し合いをしていない」

私は直に手首を掴まれ、そのまま強引に腕の中へと導かれてしまう。

「ちょ、ちょっと！　直」

直は、腕の力を強めて私を抱きしめる。

私の髪に顔を埋めるようにしながら、さらにきつく抱きしめてきた。

「久しぶりの沙耶だ……」

「っ！」

そんな切なそうな声で言わないで。私まで切ない気持ちになってしまう。

直は、一年半前と何も変わらない。いや、色気はさらに増しているけれど、中身はあの頃のまま。私が大好きだった直のままだ。

結婚祝いの会でも、そして二次会のカラオケでも、私の意識はつねに直に向いてしまっていた。

同期の皆とじゃれ合う彼を見て、海外に行っても変わっていない様子に安堵したが、同時に彼の傍に自分がいられないことに憤りも感じてしまう。

直からのプロポーズを受けていたら、私は今頃彼の隣で笑顔でいたのだろうか。

思わず彼を抱きしめ返そうとしている自分を叱咤する。

私は旅館瀬野を救うことを選択し、直を捨てた人間だ。都合が良すぎる。

ソッと彼の胸を押し、距離を取る。

直に視線を向けると、ムッとした表情で私を見下ろしていた。

怯んでしまいそうになるのをグッと堪えて、私は口を開く。

「今日はもう時間がないから、また後日話し合いをしよう」

「はぁ!?」

眉間に皺を寄せて渋い顔をしている直に、私は気合を入れて対峙した。

腕時計を彼に見せ、主張する。

「直、ほら見て？　もう十一時を回っているのよ。今日はもう遅いから、これで解散しよう」

「あのなぁ、沙耶……」

直が何かを言い出す前にと、私は畳(たた)みかける。

「だって、新幹線の最終もう出ちゃったし……。今夜はもうこれで」

「沙耶。お前、今から帰るつもりなのか？」

「うん、夜行バスなら明日の午前中には向こうに着くし」

今からバスターミナルに行けば、なんとか間に合うかもしれない。

連絡先だけは知らせておこうと鞄(かばん)の中を覗(のぞ)いた私だったが、その瞬間フラリと身体が揺れた。

「危ない。沙耶、今日はかなり呑んでいたからな」

「う、うん……ごめん、大丈夫だから放して」

ゆっくりと腕を解こうとしたのだが、逆にグッと彼に肩を抱かれてしまう。

「そんなフラフラな足取りで帰るつもりか？」

「帰る！」

「相変わらず往生際(おうじょうぎわ)が悪いヤツだな」

肩を抱いていた彼の手が、クシャクシャと私の頭を撫でた。その仕草は、付き合っていたときによくされていたもので……あの頃に戻ったように感じて、胸がドクンと高鳴ってしまう。

「そんなに酔っ払った状態でバスに乗るなんて、無理だろう。ただでさえ、沙耶は乗り物酔いしやすいのに」

「う……」

直の言う通りだった。だからといって、このまま直と一緒にいるのもダメな気がする。酔った勢いで、私の本当の気持ちを零してしまう可能性だってあるのだ。

本当は、旅館も直も諦めたくない。彼にとっては我が儘以外の何物でもない感情をぶつけてしまうことだけは、決してする訳にはいかないのだ。

とにかく、一度冷静にならなくては。直から離れようとした私に、彼はとんでもないことを言い放った。

「ん？　まだ夜行バスで帰ろうなんて思っているのか？　そうか、沙耶は夜行バスでエッチをするのがお好みなんだな」

「は……はぁ⁉」

酔いが一気に覚めた。何を言い出すのか、この男は。

言葉をなくす私に、直は至極真面目な表情で言う。

「俺はもう、沙耶を放さない。逃がさないと言っただろう？」

「い、い、言ったけど……!!　言ったけど!?」

私を逃がさないことと、夜行バスでのエッチ。何がどう繋がるというんだ、この男は！

こういうところも相変わらずの彼に、私は呆れ返るやら、安心するやら。

白い目を向けると、彼はクスッと優しげに笑う。

その笑みがまた、私の心にダイレクトに響いてしまい、胸が高鳴る。

「沙耶がバスに乗って帰ると言うなら、俺もついていく。言っておくが、沙耶が近くにいるのに手を出さない自信はないからな」

「は、はぁ!?」

「夜行バスでエッチがイヤなら、大人しくホテルのベッドで俺に可愛がられていろ」

「何バカなこと言っているのよ！　私と直は、一年半前に別れたでしょう？」

「それは沙耶が勝手に決めて、言い逃げしただけ」

「うっ……」

「それも、仕事がしたいから日本に残るって言っていたヤツが、俺の知らない間に仕事を辞めているとはな」

何も反論できない。グッと押し黙る私に、直はピシャリと言いのけた。

「俺は、別れることを一度も承諾していない。だから、今度は逃がさない」

直の言う通りだ。言い逃げした件に関しては、こちらに完全に非がある。

ゆえに今度はしっかりと話し合いの場を設けて、直に納得してもらい、お互いの道を生きていきましょうと言わなければならないのだ。

そうしなければ、二人とも前に進めない。

だからこそ、今日は仕切り直したいのだ。

彼にそう言ったのだが返事はなく、そのまま近くのシティホテルへと連れて行かれてしまう。

「ちょ、ちょっと！　直ってば」

「沙耶、俺は言ったはずだ」

「え？」

「逃がさないって。とにかく、沙耶は今、足取りが危うい。大人しく俺の傍にいろ」

強引な口ぶりなのに、直の腕は優しい。

抵抗しなくちゃいけないのに、彼の前ではどうしても弱い女になってしまう。

それは昔も、そして今も同じだ。

「沙耶、頼むから話をさせろよ」

耳元で直が懇願の言葉を口にする。その様子は彼らしくなく、どこか弱気だ。

そんな声を聞いてしまったら――

小さく頷いた私を見て、安堵からか、直が息を吐き出したのがわかった。

直は私の肩を抱き寄せたままホテルのロビーへと足を踏み入れ、そのままフロントへ向かう。

「部屋を一部屋用意してもらいたいんだが」

「畏まりました」

ホテルマンは恭しく頭を下げたあと、端末を操作し始めた。

それを横目で見つつ、私は直に頼む。

「ここには泊まるけど、部屋は別々で。話し合いは、ラウンジとかにして」

直が何か言おうと口を動かしたが、それはホテルマンの言葉によって遮られた。

「お客様、申し訳ございません。ただいま、ご用意できますのはダブルのお部屋のみなのですが……そちらで、よろしいでしょうか？」

「え⁉　他にないんですか⁉」

私は身を乗り出して、ホテルマンに尋ねる。

すると彼は、申し訳なさそうに小さく頭を下げた。

「本日は、すぐ傍にあるTアリーナでコンサートが行われまして。そちらに参加されたお客様で、お部屋は満室状態でございます」

「……コンサート」

「はい。ただ、先ほど一部屋だけダブルのお部屋にキャンセルが出まして……。そのお部屋でしたら、ご案内できるのですが」

申し訳ございません、とそのホテルマンはもう一度頭を下げた。

一部屋しかない。それもダブルベッドの部屋……

ダブルベッドの部屋で、直と一晩過ごすなんてことはできない。絶対に無理だ。

他のホテルを探そうか、そんな考えが浮かんだ私に、ホテルマンは容赦ない現実を突きつけてきた。

「今夜は、この辺りのホテルはどこも満室かと思います。タクシーもかなり待たないと乗ることができないほどでして。地下鉄の駅も人がごった返していて、なかなか乗れない状況らしいのです」

「そ、そんなぁ……」

ことごとく神に見放された気持ちになる。

愕然(がくぜん)とする私を横目に、直はホテルマンに声をかけた。

「では、そのダブルの部屋を」

「すっ、直⁉」

彼を見上げると、フッと意地悪そうに口角(こうかく)を上げる。

「観念しろよ、沙耶。お前はどうしたって俺からは逃れられない運命なんだ」

「な、なっ……!!」

私が言葉をなくしている間に、直は部屋のカードキーを受け取り、私の腰を抱いたまエレベーターホールへと歩き出した。

「ちょっと、直！　私、別の部屋取りに行く」

「バカか。さっきフロントで聞いただろう？　この辺りのホテルは、どこも満室。ついでにタクシーも地下鉄もアウト」

「うっ……」

「その上、沙耶は酔っ払いで足取りも危うい」

「……」

「このままホテルを出て行けば、誰かに迷惑をかけるかもしれない。もしかしたら、誰かに襲われるかもしれないぞ？　それでもいいのか？」

ウッと言葉に詰まる。確かにそうなる可能性も否定できないので、ぐうの音も出てこない。

反撃の言葉が見当たらない私は、直の強引な腕に導かれてエレベーターに乗り込んでしまう。

「どうせ襲われるなら、俺の方がいいだろう？」

何を言っているのよ、と叫びたかったのに、直に耳元で囁かれて身体が甘く痺れてきた。

「優しく抱いてやるぞ？　沙耶の気持ちがいい場所、俺は熟知しているからな」

「バッカじゃないの⁉」

キッと彼を睨みつけたのだが、すぐ近くにあった彼の目を見てドクンと胸が高鳴る。

「俺は沙耶に対して嘘はつかない。ずっとお前が好きだ。久しぶりに沙耶に会って、やっぱり沙耶がいいと確信した」

「すな……お？」

「とにかく、今夜はお前を放さない。話が終わるまでは、帰さないから」

腰を抱く手にさらに力を込められ、より彼に密着させられる。

懐かしい温もりに包まれて、私は戸惑うことしかできない。

久しぶりに会って、やっぱり彼がいいと思ったのは、私だって同じだ。

だからこそ、この状況は困ってしまう。

もし今夜、彼に抱かれることになったら……

間違いなく、私は彼から離れられなくなってしまうだろう。それが怖かった。

頭ではいけないと理解している。だけど、身体と心が直を求めているのがわかる。

だからこそ、この腕を拒めないのだ。

「ほら、入れよ」

直が扉の前に立ち、カードキーを差し込んだ。扉を開いて、私を促す。

一歩踏み出すのを、身体が躊躇した。

この部屋に入れば、もう後戻りできない気がする。

だけど、ここで直を振り切って逃げ出したとしても、きっと後悔するだろう。

どの選択をしても後悔する。だからこそ、頭が混乱を極めているのだ。

「沙耶」

あの頃と同じ、優しい声色で私の名前を呼ぶ直。その声に、私は何度も陥落してきた。

そして、今も……陥落しつつある。

一歩踏み出すと、それを承諾とみなしたのか。彼は私の背中に手を置き、そのまま部屋の奥へと促した。

パタンと背後で扉が閉まる音が聞こえる。そして目の前に飛び込んできた光景に、胸の鼓動が高鳴った。

そこにあるのは、ダブルベッド。それを見た途端、今までの直との行為が蘇ってくる。

慌てて視線を逸らした私を見て、直はフフッと声を出して笑った。

「とにかくシャワー浴びてこいよ」

「シャ、シャワー!?」

声が裏返ってしまうほど動揺した私に、直はついにプッと噴き出した。

「大丈夫だ、沙耶。覗き見しないから」

「当たり前よ!」

緊張した空気がようやく払拭され、直に見つからないようにホッと胸を撫で下ろす。

彼からバスローブを受け取り、私は半ばヤケになりながらバスルームへと飛び込んだ。

熱いお湯を被ったところで、ようやく気持ちが落ち着いてくる。

とにかく、直ときちんと話し合うべきだ。それを彼も求めている。

説得できなかった場合、あの直のことだ。白黒はっきりさせるまで、しつこく言い寄ってくるだろう。

別れ話をした夜は、どうしてか直はすぐに引いてくれた。たぶんだが、直は私にもう一度考える時間をくれたのだと思う。

ただ、まさか仕事を辞めて逃げ出すとは予想していなかっただろうけど。

本当は、今もまだ直のことが好きだ。今日会って、そのことを再確認してしまった。

だけど、やっぱり私は旅館瀬野を見捨てる訳にはいかない。

私がバスルームを出ると、続いて直もシャワーを浴びた。

そうして現在、バスローブ姿の私たちは、向かい合って椅子に座っている。

ようやく落ち着いてきた雰囲気が、また一気に重苦しいものに変化した。

だが、今言わなくて、いつ言うのだ。

一年半前、どうして私が直のプロポーズを断ったのか。別れてほしいと懇願したのか。

そして、再び一年後に会おうという直との約束から逃げたのか。

私は、その理由をしっかりと彼に話して、謝罪した。

時折頷きながら真剣な表情で聞いてくれることに、ホッと胸を撫で下ろす。

すべて話し終えた私を見つつ、直は腕組みをして椅子の背に身体を預けた。

「で？」

「え？」

「沙耶が、どうして俺のプロポーズを断ったのか。俺が日本に戻ってきたときに、会社を辞めていたのか。その辺りはわかった」

「う、うん」

コクコクと頷くと、直は膝に手をつき前のめりに私の顔を覗き込んできた。

急に近づいた距離に顔を赤らめた私を見つめたまま、直は真剣な表情で口を開く。

「だが、まだ肝心なことを聞いていない」

「肝心なこと……？　私が直について行けなかった理由は、きちんと話したつもりだけど？」

他に何か言わなければならないことなんてあっただろうか。

首を傾げていると、彼はさらに私に近づいてきた。

「ちょ、ちょっと！　直。近いってば」

動揺して拒もうとした手は、彼に掴まれてしまう。

直はキュッと唇を横に引き、強い眼差しで私を見つめてくる。

瞬間、直と視線が絡み合う。逸らしたいのに、できなかった。

彼の目が、それを許してはくれないからだ。

どうしていいのかわからず挙動不審になり、身体を仰け反らせようとした私だったが、直に手をグッと引き寄せられたことで体勢が崩れる。

そこをすかさず抱き留められ、そのまま彼の腕の中に導かれてしまった。

「す、直！」

「まだ聞いてない。沙耶の本当の気持ちを」

「え？」

「家の事情はわかった。だが、肝心なお前の気持ちを聞いていない」

「だ、だから！　言ったでしょう？　私は実家の旅館を手伝わなくちゃいけない。直の生活の基盤はNY。物理的に離れているのに、関係を続けていくことはできないでしょ？　だから前回、私は別れ話をしたの。わかってる？」

これまでのいきさつは直だってきちんと最後まで聞いていたはずなのに、まだ理解してもらえないのか。

直の腕の中から彼を見上げると、彼は不機嫌極まりないといった様子で私を見つめていた。

「じゃあ、聞くが……沙耶の抱える問題が、すべて解決されたときのお前の気持ちを聞きたい」

「は……？　すべて解決って。そんなことあり得ないでしょ！」

私は直の腕を振り解いて立ち上がる。そして、もう話はおしまいとばかりにベッドに潜り込んだ。

そのまま布団を頭まで被ると、ギシッとベッドのスプリングが軋む音が聞こえた。

直もベッドに乗ってきたのだろう。

近づいてくる気配を感じ、私は布団から顔だけ出して直をキツく睨みつけた。

「ここから先には来ないでよ！」

二つ並んでいた枕をベッドの右端と左端に引き離して、直に忠告する。

すると、直は眉をピクリと動かして怪訝な表情を浮かべた。

「どうして？」

「どうしてって……。私たちは、もう恋人同士じゃないんだから」

「……沙耶は、頑なにそう言うな」

「頑なにって言われても。事実でしょう？」

唇を尖らせつつ言うと、直は盛大なため息をついた。どこか諦めた様子の彼に、ますます唇を尖らせてしまう。

「まぁ、いい。沙耶がそう言い張るのなら、そういうことにしておいてやる」

「しておいてやるって！」

憤慨すると、直はクスッと柔らかく笑う。胸を貫くほどの衝撃に、私は身体中が熱くなるのを感じた。

真っ赤になっているだろう顔をごまかしたくて、彼に背を向ける。

すると彼は、いきなり私に覆い被さってきた。ビックリしすぎて身体が硬直してしまう。

カチンと固まり続けている私の耳元で、直は低くセクシーな声で囁く。

「じゃあ、今から恋人に戻ろうか」

一瞬、言っている意味がわからなかった。

直の言葉が脳裏を何度も駆け巡り、ようやく意味を呑み込めたときには、私は戸惑いのあまり叫んでいた。だが、その声は震えてしまっている。

「何を言っているの!?　貴方との恋は終わっているの。一年半前に終わらせたでしょう？」

「さっきはしょうがなく肯定してやったが、あれは、お前が勝手に終わらせただけ。俺は終わっていない」

「直！」

「それに沙耶だって、まだ俺を愛しているだろう？」

「何を言っているのよ、自意識過剰ね」

ようやく身体が動いた私は、頭まで布団を被って直の声をシャットアウトしようとする。

だがそんな私に、直はストレートな口説き文句を言い放った。

「もし、今。沙耶が俺のことを愛していないというのなら、俺はもう一度お前を落とす」

「っ！」

声が出なかった。まさかそんなふうに言われるなんて思ってもいなかった私は、布団を少しだけめくられたことに気づくのが遅れた。

次いで頬に感じたのは柔らかい感触。どうやらキスをされたらしい。

その現実に頭と心がついていかなくて、私はただ無言のまま慌てふためく。

私の動揺など、直はお見通しなのだろう。

再びチュッと音を立てて頬にキスをしたあと、彼は私から離れた。

「おやすみ。今は我慢してやるけど、次は我慢しないからな」

言いたいことは言ったとばかりに、直もベッドに潜り込む。

照明を落とした室内を照らすのは、今やダウンライトの明かりのみだ。

直は私の指示に従い、ベッドの端に寄って眠りについたようだ。すぐさま寝息が聞こえてくる。

ホッとしたような、残念なような……

(残念って！　何を考えているのよ、私ったら)

別れるために直を説得しているところだというのに、手を出されなかったことを残念に思うなんて、あり得ないだろう。

頬に残る彼の唇の感触、そして離れているとはいえ伝わってくる温もりに、安堵とときめきを感じていたことは、彼には一生内緒だ。

私は頭まで布団を被り、とにかく寝てしまおうとギュッと目を瞑った。

3

（ヤバかった……本当にヤバかったわ）

なんとか辿りついた我が家を前に、私はようやくホッと胸を撫で下ろした。

旅館の裏手にある自宅を見て、今朝の出来事を思い出す。

今朝は、かなり早い時間に目が覚めた。それこそ、まだ日の出前だ。

ゆっくりと寝返りを打った私は、ベッドの隅で気持ちよさそうに寝ている直を見つけ、少し慌てる。

彼はぐっすりと眠っていて、私が起きたことにも気がついていないようだ。

少しだけ近づいて、彼の顔を眺める。

寝ているときにだけ見られる、あどけない表情。

この顔を再び見ることになるとは、昨日の時点では思ってもいなかった。

直に気づかれないようにゆっくりとベッドから下り、私は急いで着替えを済ませる。

そして、ベッドサイドに置かれていたメモ帳に『久しぶりに会えて嬉しかった。私は仕事があるので帰ります。さようなら』と書き残し、一万円を置いて部屋を飛び出した。

もし何かあれば、文忠経由で連絡があるだろう。

これでもう直と会うこともないはずだ。そう考えると胸がズキズキと痛むが、これで良かったのだと思う。

自室に戻り、普段着としてなじみ始めた着物を着付けたあと、私は旅館の方へと足を向けた。

昨日の点検の予備日にしていたため、旅館は本日も臨時休業だ。

従業員の皆も休暇を取っていて、館内には誰もいない。いるとしても、女将と番頭である兄だけだろう。

しかし先ほどから、その二人の姿が見当たらない。母屋（おもや）にはいなかったから、ここにいると思うのだけど……

私が帰ったことを伝えようと二人を探していると、玄関から音が聞こえた気がした。

ガラスの引き戸越しに、スーツ姿の男性が立っているのが見える。

私は慌てて玄関へと向かい、急いで鍵を開けた。すると、男性――峰岸（みねぎし）さんは、にこやかにほほ笑んだ。

「おはようございます、沙耶さん」

「おはようございます、峰岸さん。えっと……今日は、何かお約束しておりましたか？」

峰岸さんは、うちの旅館がお世話になっているメインバンク、山高（やまたか）銀行の融資担当者である。

私と同い年だという彼は、スポーツマンを絵に描いたような爽（さわ）やかな男性だ。

自転車操業になりつつある我が旅館だが、彼がいつも融通（ゆうずう）を利かせてくれるおかげでなんとかなっている状況だ。そのため、私たち家族にとって頭が上がらない人物でもある。

それに彼は、山高銀行頭取の息子なのだ。何か粗相(そそう)をしてしまったら、融資の話がなくなってしまう可能性が大きい。

気を引き締めて接する必要のある峰岸さんだが、彼自身は気さくで礼儀正しい性格だ。旅館にやって来るときはいつも前もってアポイントを取ってくれるので、今日はそれがなかったことに少々面食らう。

私が約束を忘れていたのだろうか。もしくは、女将や従業員が私に予定を伝え忘れていた可能性もある。

慌てる私を見て、峰岸さんは柔らかくほほ笑んだ。

「いいえ、今日はどなたともお約束をしておりません。突然お伺いしまして申し訳ありません」

「あ、そうなんですか。てっきり、こちらの不手際かと……」

ホッと胸を撫(な)で下ろしていると、峰岸さんはキョロキョロと旅館の中を見回した。

「今日、女将は？」

「申し訳ありません。ただいま外に出ているようでして……。帰ってきましたら、こちらからまた出向かせていただきますね」

「いえ、その必要はありません。実は、沙耶さんにお話ししたいことがあって今日はお邪魔させていただきました」

「私……ですか？」

小首を傾げる私に、峰岸さんは「ええ」と朗らかに笑う。

爽やかな笑みなのだが、突然の訪問ということもあり、何か腹に一物あるのではと警戒してしまう。

とはいえ、相手はメインバンクの担当者だ。

まさか門前払いなんてできるはずもない。

「私で対応できるお話でしたら、どうぞお入りください」

玄関の引き戸を大きく開いて一歩下がると、峰岸さんは目元を緩め、軽く会釈をした。

「ありがとうございます、沙耶さん」

「いえ。どうぞ、こちらへ」

彼を眺望ロビーのソファーに案内し、私は急いでお茶の準備をする。

すると峰岸さんは、嬉しそうに声をかけてきた。

「いつ見ても、ここのロビーは素晴らしいですね。今の時期は青もみじが美しいですが、もう少しすれば紅葉して真っ赤になるんですよね」

「ありがとうございます。そう言っていただけると、とても嬉しいです」

茶筒の蓋を開きながら言うと、峰岸さんは私に再びほほ笑みかけてきた。

「お気遣いは不要ですよ、沙耶さん」

「いえ、お茶ぐらいは」

峰岸さんは遠慮してきたが、お客様にお茶をお出しするのは当然のことだ。

てきぱきと動き回る私に、峰岸さんは静かなため息を零す。

「私にまで気を遣わないでください」

「いえ……」

どうぞ、と茶托にのせたお茶をテーブルに置くと、峰岸さんは柔らかい声で「ありがとうございます」とお礼を言ってきた。

私は、彼の前にあるソファーに座り、お盆を膝の上に置く。

私の行動の一部始終を目で追ったあと、峰岸さんは軽く会釈する。

「いただきます」

お茶を一口飲むと、峰岸さんはテーブルに書類を置いた。

「こちらは、先日沙耶さんから依頼された融資について纏めたものです。返済計画も記してあります。どうぞ、手にとってご覧ください」

「は、はい……」

キチンとファイリングされた冊子を手に取り、パラパラと目を通す。

先日、銀行に出向いて融資のお願いをしてきたのだが、そのときは上に相談をする必要があると峰岸さんに言われ、すぐに返答をもらうことはできなかったのだ。

返済計画も考えてくださったということは、お願いした金額を融資してもらうことができそうだ。

ホッと胸を撫で下ろした私に、しかし峰岸さんは深刻そうに口を開く。

「沙耶さん、その資料は本決まりではありません」

「え？」

「ご依頼の融資金額ですと……今の旅館瀬野にお貸しするのは難しいという判断が下されました」

「そんな……」

銀行とて慈善事業ではないのだ。今後経営が上向きになるという保証がない以上、返済の見込みがないかもしれない危険な旅館に、融資するのは難しいだろう。

ダメ元でお願いしたが、やはりダメだったか。

かといって諦め切れるものではない。銀行に追加融資をしてもらえなければ、瀬野はいつ潰れてもおかしくない状況なのである。

今のところは、従業員の皆にきちんと給料を支払うことができているが、それさえも怪しくなってしまうだろう。

そうなれば、もって今年いっぱい……。ギュッと手を握りしめていると、峰岸さんは神妙な面持ちで続けた。

「しかし、それは我が支店のみでの判断です」

「え？」

どういう意味だろうか。峰岸さんの目をジッと見つめると、彼は小さく頷いた。

「大丈夫ですよ、沙耶さん。私が貴女を窮地に追い込むようなこと、すると思いますか？」

「っ⁉」

彼の熱を孕んだ視線が、私を射抜いた。思わず顔を逸らした私に、彼はクスッと笑い声を上げる。

「一つ、取引をしませんか？」

「取引……ですか？」

動揺する私に、峰岸さんはゆっくりと頷いた。

「沙耶さんが私と結婚してくださるのなら、融資をなんとかいたしましょう。今後についても力になると約束いたしますよ」

「えっと、スミマセン。もう一度おっしゃっていただけませんか？」

なんだか、とんでもないワードが聞こえた気がした。多分、気のせいだ。そうに違いない。

苦笑いを浮かべる私に対し、峰岸さんは真摯な目でこちらを見つめ返してくる。

「私と結婚してください。そう言いました」

「え……？」

「一目惚れでした」

峰岸さんは頬を真っ赤にさせ、視線を泳がせたあと俯いた。

その様子を見れば、彼が冗談を言っている訳じゃないことはわかる。

唖然として峰岸さんを見つめていると、彼は顔を上げて恥ずかしそうに口を開いた。

「沙耶さんが東京で働いていたとき、帰省した貴女とお会いしたことがあるのですが、覚えていますか？」

「え？　……ええ」

峰岸さんとの初対面は、確かにそのタイミングだったと思う。小さく頷くと、彼は頬を緩めた。

「あのときの衝撃は今も忘れられません。凛としたお嬢さんといった印象だった沙耶さんが、ふとほほ笑んだときの可憐さに……私の心は打ち抜かれてしまいました」

「っ！」

「今までにも、それとなくアプローチしていたのですが……お気づきになりませんでしたか？」

困ったように小首を傾げる峰岸さんに、私は何度も頭を左右に振った。

そんなことあっただろうか。必死に思い出すが、これといって思い当たる節がない。

峰岸さんが、私のことを好きだったなんて……考えもしなかったし、それらしい態度を感じたこともなかった。

友人たちが『沙耶は、恋愛事には鈍感よね』と呆れた様子でよく言っていたことを思い出す。

皆の言う通り、私は本当に鈍感なのかもしれない。

慌てふためく私を見て、峰岸さんは小さく笑う。

「やっぱり気がついていなかったようですね」

「ス、スミマセン！」

慌てて謝るが、私の頭はまだ混乱状態だった。

峰岸さんが優しくしてくれるのは、彼が紳士だからだと思っていたのだ。

まさか、それらの態度は私のことが好きだったからとでもいうのか。

突然の告白に狼狽えていると、峰岸さんは再度取引をしようと言ってきた。

「もう一度、言いますよ？　私と結婚してください。そうすれば、融資の件は私がなんとかします」

「で、でも！　先ほど峰岸さんはおっしゃいましたよね？　融資はできない、と」

「ええ。でも、それは支店が下した判断です。条件を呑んでいただけるなら、本店に再度協議を促して旅館瀬野へ融資を行うよう取り計らいます。いかがでしょう？　沙耶さん」

「えっと……」

何がなんだかわからない。それが正直な気持ちだ。

啞然としたままの私に、峰岸さんは口元に笑みを浮かべて言う。

「この話、旅館にとっても悪い話じゃないでしょう。先代がお亡くなりになってから、こちらの経営は悪化する一方。若女将が戻ってこられたあとは、なんとか食い止めていらっしゃいますが……これでは先々不安でしょう」

私は思わず俯いてしまう。峰岸さんは、せかすように続けた。

「沙耶さん、できればすぐに決断をしていただきたい。こちらとしても無理な融資を通すのですから、色々と根回しが必要となります。経営を続けていくためには迅速な融資が必要でしょう？」

その通りだ。今すぐにでも纏まった資金が欲しい。

実はうちの売りである入浴施設の老朽化が進んでいるため、早めに修理をしなくてはならないのだ。

特に、湯を沸かすボイラーがここ最近調子が悪い。業者に点検してもらったところ、早急に新しいものに変えるべきだと言われてしまったのだ。

旅館にとって大浴場が使えないということは、営業ができないと言っているようなものである。

最後の頼みの綱であった、山高銀行からの融資。その望みが断たれた今、なりふり構ってはいられないのかもしれない。

父が残した大切な旅館。それを守るために、私は直に別れを告げ、会社を辞めたのだ。

私は、この旅館瀬野の若女将だ。この旅館はもちろん、従業員の生活も守る義務がある。

思い悩む私の顔を、峰岸さんは覗き込んできた。

「沙耶さん、私の気持ちはずっと貴女に伝えてきていたつもりです」

「峰岸さん」

「お願いですから、私に貴女を守らせてください。私は貴女が大事にしている旅館を救って差し上げたい。代わりに貴女は、私を愛してください」

即答はできなかった。視線を落とす私を見て、峰岸さんはため息交じりに続ける。

「期限は今夜までです」

「今夜……」

「ええ。先ほども言いましたが、根回しのためにもすぐに動かないとマズイ。それに、厳しいことを申しますと、今の瀬野の経営状況で融資をしようと考える銀行は、他にないでしょう」

「っ！」

グッと押し黙る私を、峰岸さんは静かに諭してくる。

「だからこそ根回しが必要になってきます。ですので、沙耶さん。早めに決断をしてください」

「……」

「とりあえず、ご依頼の融資は今年中に必ずなんとかいたしましょう。それができたら来春に結婚という流れでいかがですか？」

「峰岸さん……」

「私は、貴女を愛しています。だから、貴女を悲しませるものから救って差し上げたい」

俯いてギュッと手を握りしめる私に、峰岸さんはダメ押しとばかりに告げた。

「今夜、お電話お待ちしております」

それだけ言うと、彼は旅館を去って行った。

残された私はただ呆然としながら、何百年もの年輪を刻む木の柱を見つめる。

そして、峰岸さんが置いていった資料のファイルに視線を向けた。

「もう……こういう手しか残されていないのかなぁ」

自分の無力さに涙が滲んでくる。グイッと目を擦ったあと、私はロビーをグルリと見回した。

決断をするときだ。ここを守れるのは、私しかいない。

峰岸さんのことを愛せる自信はないが、お互いを尊重しつつ支え合う関係にはなれるかもしれない。彼は、ずっと私のことが好きだったと言ってくれたのだから。

旅館瀬野の若女将として、経営を担う者としての選択をしよう。

その夜、私は女将や兄にも相談せず、峰岸さんに電話をした。

「どうか、旅館を救ってください。よろしくお願いします」

そう伝えると彼は喜び、融資の件は任せてほしいと頼もしいことを言ってくれた。

これでいい。これでいいんだ。電話を切ったあと、私は何度も自分に言い聞かせる。

直の顔が脳裏にチラついたが、彼はもう別の道を歩いているのだ。

「私も私の人生を歩くだけ」

旅館瀬野を守ること。それが、これからの私の人生だ。

私は受話器をギュッと握りしめ、自分の選んだ道を肯定した。

峰岸さんと密約を結んだ、一週間後。

私がいつものようにあくせく働いていると、女将がスキップをしながらやってきた。

やけに浮かれた様子の女将に、私は苦言を呈する。

「女将……いくらお客様の目がないからって、館内でスキップはやめてよ」

「だってぇ、嬉しくってウキウキしちゃうんだもの」

旅館が窮地に追い込まれているこの状況で、スキップしてしまうほど嬉しいことというのは一体なんだろうか。

平和そうな女将を見て、呆れを通り越して羨ましく感じる。

盛大にため息をついていると、女将は私の着物の袖をツンツンと引っ張った。

「お客様のチェックインまで、まだ時間があるでしょう？　母屋に来てくれる？」

「え？　時間はあるけど、やることはたっぷりあるのよ」

ありがたいことに今日は満室なのだ。小一時間もすれば、忙しくなるのは目に見えている。

少しでも前倒しで仕事を片付けてしまおうとしていたのだが、女将は「とにかく今すぐ来てほしいの！」としつこい。

根負けした私は仕事をする手を止め、女将について行くことにした。

未だにスキップをしている女将の背中に、私は疑問を投げかける。

「ねぇ、女将。何かいいことでもあったの？」

「あったというか、これからあるの」

「はぁ？」

全く意味がわからない。頭を捻る私を振り返り、女将はニコニコと満面の笑みを浮かべた。

「これで、この旅館は救われるわよー！」

「え？」

ドキッとした。もしかして、私が融資の約束と引き替えに峰岸さんとの結婚を承諾したことを、どこかで聞きつけてきたのだろうか。

峰岸さんには一応、今回の取引内容は誰にも言わないでくれとお願いしてある。

だが、このご時世。どこでどう情報が漏れるかわからない。

こんなふうに楽観主義者である女将だが、私がなんの相談もなく結婚を決めたと知ったら、さすがに怒るかもしれない。

それも内容が内容だ。旅館を救うために峰岸さんの提案に乗ったなんて、言い方は悪いが、身売りしたようなものだ。

怒られる覚悟を決めてギュッと手を握りしめていると、女将は鼻歌交じりで言った。

「我が旅館の救世主がやって来ているのよ」

「救世主？」

もしかして峰岸さんが母屋（おもや）に来ているのだろうか。そして、女将にすべてを話してしまったのかもしれない。

青ざめる私を不思議そうに見たあと、女将はフフフと楽しげに笑う。

「ほらぁ、前に沙耶ちゃんに話したでしょう？」

「な、何を？」

「もう、忘れちゃったの？　ほら、近々経営コンサルタント会社の人が来るって言っておいたでしょ？」

「あ……」

峰岸さんとのことで頭を悩ませていて、すっかり忘れていた。

ポカンと口を開けたままの私を、女将は軽く睨（にら）む。

「沙耶ちゃんたら、しっかり者のくせに時折抜けちゃうんだものね」

「うっ……」

「でも、沙耶ちゃん。心しておいてね」

「え？」

「その会社から派遣されてきた人、すっごくイケメンなのよぉ」

「イケメンって……」

ガックリと項垂（うなだ）れてしまう。女将がスキップまでして喜んでいたのは、コンサルタント会社の人間が女将好みのイケメンだったからなのか。

相変わらずの楽観思考に、ため息しか出てこない。

「女将。私は経営コンサルタント会社に立て直しをしてもらうつもりはないからね」

「えー!? 沙耶ちゃん、まだそんなこと言っているの？」

不服そうに頬を膨らませる様子は、とてもアラフィフには見えない。

だが、可愛らしい仕草をしても私はごまかされない。とにかく、この話は胡散臭すぎる。

私は女将の肩をガッシリと掴んで、必死に諭す。

「女将、よく聞いてよ。タダで経営立て直しを手伝ってくれるなんて、そんな夢みたいなことあると思っているの!?」

「えー？ だって、会社の人、そう言っていたし。書類だってあるのよ」

「それ、絶対に詐欺だから」

「そんなことないわよぉ。だって、あのイケメンが嘘つくようには思えないもの」

頭が痛くなってきた。どうしてうちの家族は、こうも脳内がお花畑なのだろう。

この旅館をさらに窮地に追い込みたいのだろうか。

一応、念のために聞いておく。

「それ、兄さんはなんて言っているの？」

「ん？　それはいい！　って大賛成してくれたわよ」

本当に頭が痛くなってきた。グリグリとこめかみを押しながら、私は女将に再度宣言する。

「とにかく！　この話はなし。私からお断りしますから」

「えー!?」

「えー、じゃない！　本当、勘弁してよね。旅館が潰れちゃうでしょ！」

断固として反対する私に、女将は口を尖らせる。

「とにかく！　沙耶ちゃん、一度会って話を聞いてみてよ。それから決めて？」

そう言うと、女将は踵を返す。その行動に驚いて、私は慌てて呼び止めた。

「ちょっと！　どこへ行くの？」

「私は、話し合いに加わりませーん」

「はぁ？」

女将が話を進めたのだし、そもそも最高責任者が同席していなくてどうする。

そう言ったのだが、女将はヒラヒラと手を振るだけ。

「私は先にしっかりとお話聞いたし。もう、コンサルティングしてもらうつもりだから」

「女将！」

厳しい声を上げる私を振り返ることなく、彼女は母屋を出て行ってしまった。

「もう！」

気ままな女将らしい態度に苛立ちを隠せないが、とにかく今はその経営コンサルタント会社から派遣された人物とやらに会わなければ。

その人に会って話を聞けば、どこかに粗が見つかるかもしれない。

そこを指摘すれば、経営コンサルタントもとい詐欺師は逃げ腰になるだろうし、その上で女将に訴えればさすがに納得してくれるだろう。

ヨシッ、と気合を入れて拳を作り、背筋をピンと伸ばす。

若女将として威厳ある行動を取らなければ、その自称経営コンサルタントに舐められてしまう。

着物の襟を正し、私は気を引き締めて応接間まで急ぐ。

「失礼します」と声をかけて襖を少し開いたのだが——すぐさま閉め直した。

今、とんでもないものを見た気がする。

いや、まさか。私の見間違いだろう。そうに決まっている。

襖の前で正座をしながら、顎に手を当てて考え込むこと数秒。ススッと目の前の襖が勝手に開く。

「何してんだよ、さっさと入って来い」

この声、この俺様な口調。私がよく知っている人物のものだ。

だが、どうして彼がここにいる⁉

「す、直……？」

「ん？　どうした、沙耶。ほら、こっちに来いよ」

直は私の腕を掴み、そのまま強引に引っ張った。

無理矢理立たされた私は、腕を掴まれたまま応接間へと足を踏み入れる。

「ほら、そこに座れ」

そう言うと、直はようやく私の腕を放した。

座布団の上に正座をした彼は、テーブルに書類の束をテキパキと並べていく。

そんな彼を、私は唖然としながら見つめることしかできない。

ボーッと突っ立っている私を見て、直は面白そうに笑った。

「何をしている？　早くそこに座れ」

そう言って直は向かい側の座布団を指差す。促されるまま、私はそこへ座った。

だが、この場に直がいるという現実を未だに受け止めきれない。

呆然としている私に、直は作業する手を止めて声をかけてきた。

「この前はどうも」

「……」

「俺を置いて逃げるなんて。沙耶は何度俺に絶望を植えつければ、気が済むんだろうな」

「ぜ、絶望って。大げさな」

私の発言に、直の眉がピクッと不機嫌そうに動く。

「大げさじゃない。好きな女に逃げられる気持ち、お前は全然わかってないな」

「……別れたし」

「だから、別れてない。俺が認めてないから」

「相変わらず、屁理屈を」

眉間に皺を深く刻む私に、直はフンと鼻を鳴らす。

「俺が納得するような理由を用意してから、別れ話は切り出せよ」

「用意したじゃない！　あの説明以上に何があるって言うのよ」

声を荒らげると、直は表情を一変させた。真顔の彼に、身体が硬直してしまう。

彼の表情には厳しさとともに、怒りも滲んでいた。

気合を入れ直すべく、私が眉間に力を込めると、直は荒々しく息を吐き出す。

「別れなければならないと思える決め手が足りない」

「足りなくなんてないわよ。私は寂れた旅館を立て直したいから日本に残る。直は仕事でNYに行きたい。そんな二人が付き合い続けるなんてできる？　充分別れる理由になるはずだわ」

これ以上の理由があるものか。ムンと唇を横に引くと、直の鋭い視線が私を射抜いてきた。

「そんなのは、どうにでもなる。俺にかかればなんてことはないな」

「は……？　どうにかなる訳ないでしょ！」

噛みつかんばかりの勢いで返すと、直はテーブルに手をつき、私の顔を覗き込んできた。

メガネの奥にある真摯な瞳と急接近し、胸がドキドキしてしまう。

そんな私の様子に、直はさらに視線を鋭くした。

「大事な確認がまだだ」

「大事な、確認……？」

一体なんだろう。首を傾げて考えていると、ふと直の視線が和らいだ。

「沙耶の気持ちだ」

「私の、気持ち？」

直は大きく頷いたあと、さらに身を乗り出し、おでことおでこを合わせてきた。

慌てて避けようとするが、直の視線に囚われて動けない。

「沙耶は俺のこと、どう思っている？」

「どう思っているって……」

サッと頬が熱くなる。赤らんでしまったことは、直にバレているだろう。

動揺していると悟られたくなくて、私は咄嗟に身を翻した。

「直は、元同期で、元恋人。それ以上でも、以下でもないわ」

声が震えそうになったが、グッとお腹に力を入れて耐えた。

これ以上、私を惑わせないでほしい。なのに直は、私の本心を引き出そうとしてくる。

彼の手にかかれば、私なんてひとたまりもないのに。

グッと奥歯を噛みしめてから、私は何事もなかったように座布団に座り直した。

「ところで、今日はどういったご用件でしょうか？」

「……」

瀬野沙耶ではなく、旅館瀬野の若女将の顔を取り繕って対峙し直す。

こうすれば、話題も逸れるだろう。

私が背筋を伸ばすと、彼はメガネのブリッジ部分に指を当て、クイッと押し上げた。

彼もビジネスモードに切り替わったらしく、凛とした佇まいになる。

「女将さんにはご挨拶いたしましたが、若女将さんにはまだでしたね。失礼いたしました」

そう言って直は名刺を差し出してきた。私はそれを受け取り、目を通す。

そこには確かに、経営コンサルタントと印字されていた。

直がNYの経営コンサルタント会社に引き抜かれたことは知っていたが、会社名までは知らなかった。

海外の会社には疎いので、名刺を見ても社名にピンとこない。あとでネットで調べてみよう。

名刺をテーブルの上に置くと、直はこの旅館に来た経緯を話し出した。

「私、NYを基点としている経営コンサルタント会社、『プロジェクトリソース』の志波と申します。今回、旅館瀬野の経営立て直しのお手伝いをさせていただきたく、やって参りました」

ビジネスモードの直は、相変わらず隙がない。柔和な態度は、計算し尽くされたそれだ。

かつての同僚として直の仕事ぶりは知っているが、交渉相手としての彼は見たことがない。

私が緊張していることは、直にはバレているだろう。だが、それを指摘することなく、直はこれまでの経緯を話し始めた。

「弊社の社長は以前、こちらの旅館を利用させていただいたことがありまして。先日久しぶりに、また宿泊しようと思ったらしいのですが、そこでこの旅館の経営悪化を知ったそうです」

「そう……なんですか」

かつてのお客様にまで心配をかけているこの現状。恥ずかしくて申し訳なくて、穴でも掘って隠れてしまいたい。

苦渋を滲ませる私に、直は淡々と説明を続ける。

「弊社の社長はこの旅館瀬野の大ファンで、このまま潰れさせるのは惜しいと嘆いております」

「ありがとうございます」

そんなに旅館瀬野を愛してくださっているお客様がいるなんて……。

感激で涙が込み上げてくる。

だが、その社長が危惧するように、融資がなければ瀬野は今年いっぱいで廃業になってしまう。

黙りこくる私を見て、直は声を和らげた。

「そこで、です。弊社社長より、もう一度あの旅館に泊まりたいから、お前が行って立て直してこい！　と私に命令が下りました」

「は、はぁ……」

相手が直だとわかった今、詐欺の類いではないと思うが、胡散臭い。

直を引き抜いた経営コンサルタント会社は、なかなかに大きい企業だと彼から聞いてはいた。

だからこそ、胡散臭く感じるのだ。

うちは老舗と言えば聞こえはいいが、すでに潰れかけた古い旅館だ。

いくら愛してくれているといっても、それだけで助けようだなんて思うだろうか。

詐欺ではないにしろ、これはかなり危ない話になるかもしれない。

それこそ、峰岸さんが提示してきた契約結婚より危険な可能性もある。

私はキュッと唇を噛みしめたあと、直に強気な態度で告げる。

「うちには、そんな有名経営コンサルタント会社にお支払いするお金はございません！」

だって、ボイラーを買い換えるお金だってないぐらいなのだ。

有名企業に経営立て直しの依頼なんてしたら、どれほどのお金がかかるか見当もつかない。

ところが直は、唇に笑みを浮かべた。

「女将さんにもお話しさせていただきましたが、無料で承ります」

「無料って‼ そんなうまい話がある訳ないじゃないですか！」

思わず感情的に反応してしまう。確かに女将もそう言っていたが、本当に提示してくるとは思わなかった。

「これ以上、お話は伺えません。お引き取りください」

冷たく突き放したが、心中穏やかではない。

直はとんでもない会社に引き抜かれてしまったんじゃないだろうかと、つい彼の身が心配になる。

若女将というスタンスで話していることを一瞬忘れて、「大丈夫なの？」と聞こうとしてしまったが、直は先ほどまでの低姿勢で丁寧な態度から一変し、威圧的な態度で口を開いた。

「若女将」

「は、はい」

慌てて若女将の顔を繕うと、直は不敵にほほ笑んでみせる。

「旅館瀬野の最高責任者は女将さんでしょう？　若女将の一存では何も決まらないはず」

「うっ！」

痛いところを突かれた。ウググと唸っていると、直はニッコリと満面の笑みを浮かべた。

「最高責任者である女将さんが、こちらの提案を受け入れるとおっしゃっているのです。決まったも同然でしょう？」

確かに直の言う通りだが、こんな危険な香りがする契約など結べる訳がない。

必ずや女将を説得し直さなくては、と心の中で誓いながら、私は改めて断固拒否の姿勢を取った。

「とにかく、女将は私が説得します。ですから、このお話はなかったことに」

あまり長い間二人きりでいたら、プライベートのことまで再度仕掛けてきそうな雰囲気だ。

とにかく逃げるが勝ち。逃げてしまおう。

腰を上げ、応接間から退出しようとした私を、直がわざとらしい声で呼び止める。

「若女将は、きちんと契約書をご覧になっていないでしょう？」

「……」

「まずは、契約書と諸々の資料をご覧のうえ、決断していただくというのはどうでしょう？」

振り返った私に、彼は営業用スマイルを向けてくる。

だが、その顔はやはり胡散臭い。

これ以上関わらない方がいいだろうと私は身を翻すが、立ち上がった直に手首を掴まれてしまった。

「ちょ、ちょっと！　放しなさいよ」

「放しませんよ。これはビジネスなんですから、若女将もきちんと対応してください」

「ビ、ビジネスって！　それなら、ますます手を放しなさいってば」

必死に振り切ろうとしたが、グイッと強引に手を引かれて座らされてしまう。

そのまま直は私の隣に座り、契約書を差し出してくる。

「よーく見てください、若女将。女将さんから、きちんとお話を聞いていないのでしょう？」

「聞いているわ。タダでうちの経営を立て直してくれるっていう奇特な会社があるってことは」

「ええ、コンサルティング料は無料です。ですが、条件があるのですよ」

「条件？」

嫌な予感しかしない。

渋々契約書を受け取って目を通した私は、驚愕の事実を目の当たりにして叫んでしまった。

「ちょっと！　直！　これ、これっ」

「若女将、今はビジネスの場ですよ？　私のことは志波と」

「もう！　名前の呼び方なんてどうでもいい！」

「どうでもいいんですか？」

のほほんとした雰囲気で返してくるものだから、こちらはますます怒りに震えてしまう。

「そんなことは今、どうでもいいの！　それより、これ！　どういうこと？」

私は直の目の前に契約書を突き出した。そして、とんでもないことが記載されている箇所を指す。

「『コンサルティングに金銭は発生しないが、旅館の経営が軌道に乗り次第、経営権をプロジェクトリソースに譲渡する』って、どういう意味？」

「そのままの意味ですが、何か」

「何かって……」

タダでコンサルティングしてもらったって、立て直した旅館は結局他人の手に渡る。

つまりは乗っ取りだ。

女将は、こんなとんでもない条件を呑むつもりなのか。

今すぐ女将をこの場に連れてきて、契約はしないとはっきりと言ってもらわなくちゃ。

再び腰を上げた私の手首を、直が握ってきた。

「ちょっと、放して！」

「どこへ行く？　沙耶」

すっかりプライベートモードに戻ってしまった直の手を振り解き、私は彼を睨みつけた。

「こんな詐欺(さぎ)みたいな契約できる訳がないでしょ！　他人の手に委(ゆだ)ねることになるとわかっているのに、旅館の立て直しなんてしないわ。それなら、潰(つぶ)れてしまった方がましよ！」

怒りに震える私に対し、直は冷静そのものだ。

それが、ますます私の怒りの火に油を注ぐ。

「それに、『沙耶』じゃない。今の私は、若女将！」

「沙耶が言ったんだろう。名前の呼び方なんてどうでもいいって」

「あのね！」

それこそ、今はどうでもいい。

とにかく女将を説得し、こんな馬鹿げた話は蹴ってしまわなければ。

再び部屋を出ようとする私に、直は再度契約書を差し出してきた。

「沙耶、契約書をよく見ろよ」

「は？」

まだ何かとんでもないことでも書かれているのだろうか。

差し出された契約書を奪い取り、私は目を走らせる。そして――

「う、嘘ぉ……」

へナへナと力なくその場に座り込んでしまった。

目眩がする。このまま寝込んでしまいたかった。このショックは大きい。大きすぎる。

嘘だぁ、ともう一度呟くと、視界が涙で滲んできた。

すでに女将は、契約書にサインをしてしまっていたのだ。

私がここまで頑張ってきたことは、なんだったのだろう。

悔しくてやるせなくて、自分の無力さに脱力してしまう。

気を抜けば涙が零れ落ちてきそうだが、すぐ傍に直がいる今、泣く訳にはいかない。

ギュッと奥歯を噛みしめていると、直が私の頭を撫でてきた。

仕事でミスして落ち込んだとき、彼はいつもこうして慰めてくれたものだ。

だが、今、彼に慰められたくはない。

(何よ、これ。私をバカにしているの⁉)

私は直の手を振り払い、彼を睨みつけた。

「こんな契約、破棄よ」

「破棄？」

「そうよ！　きっと女将に無理矢理契約を迫ったんでしょ？」

私の詰問に、直は真剣な面持ちでこちらを覗き込んできた。

「女将さんには、きちんと説明させていただいた。納得してくださったからこそ、この内容で承諾してくれたんだ」

直の声色から嘘は感じられない。だけど、これじゃあ……あまりに酷すぎる。

私の一年半はなんだったのだろう。あんなに辛い思いをして、直を諦めたのに。

胸が引き裂かれそうなほどの痛みも、無駄になったということなのか。

すでに契約書にサインしている以上、覆すのは難しそうだ。それにこの件に乗り気だからこそ、女将も私と直を会わせたのだろう。

だが、女将には話していないが、融資のめどはすでに立っている。

直の手を借りず、私たちだけでもう一踏ん張りすることは、まだ可能だ。

「志波さん」

私はあえて、直のことを名字で呼んだ。

背筋を伸ばし、襟元を正す。ここからはまた若女将として意見を述べると、直に伝えるためだ。

直も、私の変化に気がついたのだろう。

私から離れて、姿勢を正した。

「このお話、改めてお断りいたします」

「できません。すでに女将さんと契約しております。若女将もご覧になったでしょう。それに、旅館瀬野をこのままにしておいたら、年内に営業をやめなくてはならなくなる」

「どうして、それを……？」

聞いてから後悔した。女将は、すでに直の会社と契約を結んでいるのだ。旅館の内情などについても、彼女が話してしまったのだろう。

言葉に詰まる私を見て、直は真剣な面持ちで口を開く。

「若女将は、旅館瀬野を守りたいと思っていらっしゃるのですよね？　それはこちらも同じこと」

「こんな寂れた旅館、手に入れてどうするんです。NYに本社を置かれている貴方の会社には必要ないものだわ。それに、私はまだ諦めてない」

「は？」

「まだ奥の手が残っているの。だから、志波さんたちの力は必要ありません」

私を射抜くようにまっすぐ見つめてくる直の視線から逃げ出したくてフイッと視線を逸らすと、直は強張った声で問うてきた。

「奥の手とは？　私は女将さんからこの旅館のコンサルティングを任された身。聞く権利はあるでしょう？」

「言いたくありません」

「では、私も引けません。このままコンサルティングを開始いたします」

テーブルに広げられた資料を片付けながら、直は続ける。

「今からは志波直、個人の気持ちを話させていただきます」

一礼したあと、直は体勢を崩して私を見つめてきた。

「沙耶、どういうつもりだ？」

「どういうつもりって？」

「今、瀬野の決算書や色々な書類に目を通しているところだが、このまま無計画に営業をしていても、追い込まれる一方だぞ」

「……」

「それに、ボイラー設備もなんとかしなければならない。すぐに手を打たなければ、本当に潰れてしまう」

「そうね」

サラリと躱す私に、直は渋い表情になった。

「沙耶、話せ。お前、何を考えている？」

「……」

「今すぐこの旅館を乗っ取ってもいいんだぞ！」

この男は仕事のことに関しては容赦がない。

それは同期として働いていた私が一番よく知っている。

隠していたとしても、融資のことがバレてしまうのは時間の問題だろう。それなら今のうちに事情を明かし、コンサルティングは必要ないと直自身に判断してもらった方がいい。

私は小さく息を吐き出したあと、直に向き直った。

「融資のあてがあるから」

「は？ ないだろう。メインバンクからの融資も難しそうだと聞いている」

「女将がしゃべったのね」

口を歪める私に、直は小さく息をつく。

「当たり前だ。こっちはコンサルティングを託されたんだ。内情は洗いざらい話してもらわねば仕事にならない」

私は、直の言い分に心の内でケチをつける。

(そちらから勝手に押しつけてきたくせに)

だが、瀬野のこと以外にも、私には直に断っておくべきことがある。

私はもう、二度と直に好きだと告げる資格がないのだ。

私は今度こそ直と決別する覚悟を持って、彼を見つめた。

「直。私、結婚を約束した人がいる」

「は……？ 誰とだよ」

いつも余裕綽々な彼の顔から感情が消えた。

向けられた鋭い視線に責められているように感じ、私は俯く。

「うちが取引している、メインバンクの融資担当者」

「頭取の息子か……」

「知っているの？」

驚いて顔を上げると、直は苛立ちも露わに頭を掻いて髪を乱す。

そして怒りを収めるように、息を長く吐き出した。

「峰岸と契約でもしたのか」

一瞬、身体がビクリと震えてしまった。そんな私に、直はもう怒りを隠すつもりはないらしい。

「旅館に融資をする代わりに、沙耶を差し出せって言われたのか」

頷けなかった。目の前の直が、今まで見たことがないほど怒っていたからだ。

だけど、これで彼も諦めてくれるだろう。

コンサルティングの件も、上司に話して白紙に戻してくれるかもしれない。

ギュッと手を握りしめ、私は小さく呟いた。

「これで当分の間は、融資を受けられる。だから、大丈夫。うちは、とりあえず大丈夫だから」

「……」

自分に言い聞かせるように言い、私は直に向かって笑った。

でも、気を抜いたらすぐに泣き出してしまいそうだ。だからこそ、私は手に力を籠める。

今は握りしめた手の痛みで、涙を堪えるしかない。

「旅館は、とりあえずもちこたえられそうだし。経営コンサルタント会社が関わる必要はなくなったわ。それに、私はもう……直の傍にはいられない。わかってくれるでしょ？」

直は何も言わず、ただ俯いている。

沈黙が痛い。でも、これで良かったんだと思う。

旅館はなんとか首の皮一枚で繋がったし、直と別れる理由にもなった。

直には、世界で自分の力を試してほしい。それだけの力を彼はもっている。

本当は、彼を傍で支えたかった。ううん、私が彼の傍にいたかった。

だけど、もう……何度考え直しても、彼と一緒に歩いていくことはできない。

これ以上、直の傍にいたくなかった。

私はゆっくりと立ち上がると、未だに俯いたままの直に声をかける。

「バイバイ、直。私、貴方のこと好きだったよ。だから、これでもうお別れね」

こうしてはっきりと別れを告げたのは初めてだ。胸がギリリと軋んで、痛みが増していく。

零れ落ちそうになる涙を彼に見せたくなくて、慌てて襖に手をかけた、そのときだった。

「ククク……フフッ」

「直？」

その不気味な笑い声は、だんだんと大きくなり、ついに彼は大笑いし始めた。

私は、ただ呆然と彼を見つめるしかできない。

直は笑い声を収めたあと、スクッと勢いよく立ち上がった。そして、私に覆い被さるように襖に両手をつく。

直の腕に挟まれる形で立つことになった私は、目を丸くする。

そんな私の顔を覗き込んで、直は不敵に口角を上げた。

「過去形か？」

「え？」

「違うだろう？　貴方のことが好き、これからも好きの間違いだろう。現在進行形だ。それに未来もな」

「なっ⁉」

その自信満々な様子に呆気に取られていたけれど、ハッと我に返る。

慌てて離れようとしたが、彼はすぐさま私を抱きしめてきた。

「ちょ、ちょっ……！　んんんっ！」

強引に唇を押しつけられたのに、なぜかそのキスを優しく感じてしまう。

柔らかい唇の感触に、別れる前のことを思い出す。

直は、あのときも優しく私を抱きしめてくれた。

基本的に俺様な態度の直だが、私を常に労り愛してくれたことを思い出して泣きたくなってくる。

結んでいた唇が、彼の唇に絆される。身体から力が抜けた瞬間、口内に熱い舌が滑り込んできた。

直の舌は私の口内だけでなく、ありとあらゆるものを絡め取っていくようだ。

咄嗟に引っ込めた舌は、すぐに彼のそれによって捕まった。

ゾクゾクとする快感が身体中を走り、甘い吐息が零れてしまいそうだ。

膝に力が入らなくなった私を、直は抱きしめてくれた。

そうすることで、キスが止まったことを残念がっている自分がいて愕然とする。

悟られないよう乱れた呼吸を直すが、膝がガクガクして立っていることができず、その場にしゃがみ込んだ。

「な、なにするのよ！」

直を見上げて睨みつけると、彼はその場に跪いて私の顎に手を添えてきた。

必然的に至近距離で見つめ合うことになり、視線が泳いでしまう。

そんな私に、直はフフッと柔らかく笑った。

「俺に任せておけ、沙耶」

「え？」

先ほどのキスで甘く溶かされてしまったため、すぐには反応できなかった。

なんのことを言っているのか理解できず、私は視線で彼に疑問をぶつける。

すると、直は目を細めて、私を熱っぽく見つめてきた。

「沙耶が大事にしてきたもの、絶対に守ってみせる」

「直？」

「もちろん、沙耶もだ。そんな契約結婚なんてぶち壊してやる」

そう言うと、直は再び私にキスを仕掛けてきた。

先ほどよりも激しいキスに、私の身体は再び甘く痺れてくる。

「つぁ……はぁ、んん」

耳を塞ぎたくなるほど甘ったるい声は、自分のものじゃないと思いたかった。

ようやく直から解放されて、乱れた息を整えていると、直はアタッシュケースを持って立ち上がった。

「今日はこのへんで。また後日、色々と相談させていただきます」

急にビジネスモードに切り替わった直は、応接間を出る手前で私を振り返る。

「とにかく、若女将の単独行動も含め、私が責任を持ってこの旅館瀬野を立て直しますから。ご安心を」

ニコッと営業スマイルを残し、直は応接間を出て行った。

どれほど呆けていただろうか。私の身体に残るのは、直の熱。唇の感触は、ジワジワと私の気持ちを乱していく。

何がなんだかわからないまま、直にうまく丸め込まれたことだけは確かだ。

ああっ！と叫びそうになったところで、応接間の襖が開かれる。そこにいたのは、先ほどまで姿を消していた女将だった。

「うふふ、沙耶ちゃん。志波さんがあんまり素敵だったからって、ボーッとしていちゃダメよ？」

「違うし！」

一気に顔が熱くなる。それを見られたくなくて、私はなんでもないように装う。

着物の裾を直していると、女将はクスクスと楽しげに笑った。

「ほら、志波さんに任せましょ？　彼なら、この旅館をなんとかしてくれるわ。沙耶ちゃんも会ってみて、そう思ったでしょ？」

確かに、直はやり手だとは思う。転職後の彼の活躍は聞いていないからなんとも言えないが、もともと仕事ができる人だ。

女将が言うように、なんとかしてくれるかもしれない。

だが、その条件というのが、旅館の経営権をコンサルタント会社に譲渡すること。この契約については、どうしても頷けない。

「ねぇ、女将。本当にこれでいいの？」

「なにがぁ？」

「だから！　コンサルティングして旅館を立て直したときの見返りが、旅館の経営権譲渡なんて！　こんな条件呑むべきじゃないわ」

「だって、融資も断られそうなんだから。どうしようもないでしょ？」

融資はなんとかなる。そう女将に言おうとしたのだが、口に出せなかった。

グッと押し黙る私に、女将は朗らかに笑う。

「どうせ、このままじゃこの旅館はダメになっちゃうでしょう？　それなら志波さんにぜーんぶ任せてもいいのかなぁって」

「あのねぇ、女将」

苦言を呈そうとする私を尻目に、女将は続き間の襖を開けて仏壇に手を合わせた。

そこには、父が写真の中で優しげに笑っている。

女将は、遺影をジッと見つめたまま言う。

「お父さんが遺した旅館だもの。大事にしなくちゃ。経営者が変わったとしても、旅館瀬野の名前は残してくれるっていうし。いいんじゃなぁい？」

「……」

女将は私を振り返り、困ったように眉を下げた。

「もう、頑張らなくていいのよ、沙耶ちゃん」

「女将」

「貴女は色々なものを犠牲にして、この旅館を守ってくれた。それはお母さん、わかっているわ。だけどね、沙耶ちゃん。私は、旅館より貴女の幸せの方が大事なの」

「っ！」

「今回のことは、私の我儘(わがまま)。若女将には、決定権を委(ゆだ)ねません」

いつもの女将らしくなく、真剣な表情で言い切った。

そんな姿は見たことがなくて、ただ驚く。

私に近づき、女将は……母は私の頭を優しく撫(な)でた。

「志波さんに任せましょう。いいわね？　沙耶ちゃん」

「……」

私の返事を聞かず、女将は旅館の方へと戻っていった。

パタパタという足音が聞こえなくなったあと、私は父の遺影に声をかける。

「ねぇ、お父さん。私は旅館を守りたいの。そのために、なりふり構ってなんていられないって頑張ってきたのよ？　それはいけないことなの？」

ただ、胸が痛かった。

私にはもう、何も残らない。大切な旅館も、そして大好きな直との未来も。

それが酷（ひど）く辛かった。

4

翌日。直は、朝早く旅館へとやってきた。

オーダーメイドだと思われるスーツをビシッと着こなした彼は、惚れた欲目がなくとも格好いい。

そんな彼を見て、休憩室で待機していた女性従業員たちは色めき立った。

彼女たちは父親の代から働いている古参ばかりで、私より年上かつ、既婚者ばかりだ。

そんなおばさま方を浮き立たせる、志波直。恐るべし、である。

キャアキャアと黄色い声を上げる仲居さんたちに苦笑いしていると、突如として彼女たちの視線が私へと集まる。

ギョッとして目を見開く私に、仲居さんたちは目を輝かせた。

「ちょっと、ちょっと！　若女将。すっごいイケメンがやってきたわねー」

「今、若女将は独り身でしょ？　狙っちゃいなさいよ～、私たちが助太刀するわ」

寄ってたかって仲居さんたちに話しかけられた私は、頬を引き攣らせた。

「助太刀って……」

仇討ちじゃあるまいし、とますます私の顔が引き攣る。

「若女将もお年頃なんだし。恋人の一人や二人いてもいいでしょ？」

ねー！　と楽しげに笑う仲居さんたちに、私はハハハと乾いた笑いを零す。

なんとかこの話を早々に打ち切りたいが、それには直からの視線が痛いし怖い。身体中にチクチクと矢が刺さるようだ。

だからこそ、色めき立っている仲居さんたちに、ため息しかでてこない。

このお話はおしまい、と手を叩いて解散させようとしたのだが、直の言葉に動きを止めてしまった。

「若女将に、恋人がたくさんいたら困りますね。まさか、過去にそんな男性がいたのですか？」

声が怖い。笑顔を作って爽やかさをアピールしているつもりだろうが、目が笑っていない。

仲居さんたちの冗談を聞き流すことができない直に、私は一人慌ててしまう。

（いる訳ないでしょ！　このバカ！）

私の性格を熟知している直なら、私が一度に何人もの男性と付き合うなんて器用なことができるはずがないと、知っているはずだ。

これはわざとだ。きっと、峰岸さんのことをあてつけているに違いない。

オロオロしている私を横目に、良子さんは直に近づいてほほ笑んだ。

だが、なぜかその背から漂うオーラに異様な雰囲気を感じる。

「あら～、もしかして、うちの若女将に恋しちゃったかしらぁ？　ダメよ、志波さん。私たちのお眼鏡に適うような男じゃなきゃ近づけさせないわよ。うちの旅館の看板若女将なんですから」

良子さんの声が怖い。顔には笑みが浮かんでいるのに、目は直を品定めしているようだ。

そんな良子さんに、直はハハッと声を出して爽やかに笑った。

「お眼鏡に適うように、精進いたします」

「その言葉、忘れないでね。志波さん」

フフッと意味ありげに笑い返す良子さんが怖い、怖すぎる。

私を娘のように可愛がってくれる良子さんのその気持ちは嬉しいが、さすがにそれ以上直を刺激してもらいたくはない。後が怖すぎるからだ。

「良子さんってば」

ツンツンと着物の袖を引っ張ると、良子さんは茶目っ気たっぷりな表情になった。

「私たち、先代にはとってもお世話になっているの。だからその忘れ形見である沙耶ちゃんは、私たちが守るって決めているのよ」

すると、先ほどまで静観していた男性従業員たちが乗ってきた。

「そうだそうだ。なんちゃらコンサルだか知らないが、うちの若女将に近づくなら、それ相応の覚悟をしろよ、若造！」

やんややんやと騒ぐおじさんたちに、直は真剣な表情をして頷く。

「ええ、それはもちろん。旅館瀬野も、若女将も守ってみせます」

強く言い切る直に、その場がシンと静かになる。次の瞬間、良子さんが直の背中をパシンと盛大に叩いた。

「よく言った！　志波さん。アンタの仕事、とくと拝見しますからね」

「はい、頑張ります」

大きく頷く直に、良子さんは目尻を下げて笑っている。

直は、うちの従業員たちにどうやら気に入られたらしい。

とっつきやすいとはいえ、私の味方であるはずの良子さんまでも、一瞬にして味方に引き込んでしまう手腕。さすがは、志波直といった感じだ。

呆気に取られていた私だったが、そこで自分に降り注ぐ熱い視線に気がつく。

視線の先を見ると、直がこちらをジッと見つめていた。

その表情に恋慕が色濃く表れているように感じて、一気に頬が熱くなる。

直の視線から逃げるように、休憩室をあとにしようとしたときだ。

「若女将」

目敏い直に声をかけられ、私は身体を硬直させて立ち止まる。

すると彼は、さりげなく私に近づいてきて「実は……」と深刻そうな声で私を引き留めた。

不審がっていると、彼は私にだけわかるように口角を上げる。

その様子がとても意地悪で、私の眉間には深い皺が刻み込まれた。

「女将さんに、この旅館のことは若女将にすべて聞いてほしいと言われているんです」

「は？」

「で、今回の旅館立て直しについても、私との窓口的役割を、若女将がすべて請け負ってくださると聞いています」

「なっ⁉」

確かに女将は『沙耶ちゃん、お願いね』なんて言っていたが、コンサルティングに反対している私に本当にすべてを任せるつもりなのか。

今回、経営コンサルタント会社に旅館の窮地を救ってもらうことを承諾したのは女将の判断で、私に決定権は委ねないと言われたばかりだ。

私は蚊帳の外でコンサルティングを進めると思っていた身としては、寝耳に水である。

直は驚いて固まっている私の背中を押し、休憩室から出ようとする。

だが、すぐに立ち止まり、彼は従業員の皆を振り返った。

「では、これから度々お邪魔いたしますが、よろしくお願いいたします。若女将をお借りしていきますね」

人当たりのいい表情で皆に挨拶したあと、直は私を連れて旅館の外へと出る。

私の頭はパニックに陥っていて、直に促されるままになってしまった。

母屋と旅館を繋ぐ小さな庭には今、私と直の二人きりだ。

女将は今日、旅館連盟の会合があるとかで不在にしているし、兄夫婦は旅館近くに家を建てて住んでいるため母屋に用事がないときには立ち寄らない。

ようやく私から離れた直は、早速コンサルティングを開始するための質問をしてくる。

「沙耶、もう一度資料を片っ端から確認して、これからの対策を考えていこう。全部揃えてくれるか？　まずは、過去五年分の決算書を見て説明する。沙耶も、資金の動きを把握しておいた方がいい」

「えっと、はい……その、志波さん」

戸惑いながらも若女将としての立場で直に声をかけると、彼はメガネのブリッジを指で上げながら返事をした。

「なんだ？　沙耶。『志波さん』なんて他人行儀なのは気にくわない。従業員がいないときは止めろよ」

「気にくわないって……今は仕事中でしょ？　私は依頼主で、志波さんはコンサルタントだと思いますが？」

慌てて取り繕うと、直は「ふーん」と楽しそうに私の顔を覗き込んでくる。

その表情には、興味深いという意味が含まれているように感じて、私は一歩後ずさった。

「な、なんですか？」

「昨日は、経営コンサルティングなんて必要ないって突っぱねていたのに」

「っ！」

確かにその通りだ。だが、女将があそこまで覚悟しているのを知った以上、私はもう何も言えなかった。

だからこそ、今は女将の意見に従うつもりだが、融資を受けられることが決まれば……直の会社に、この旅館を受け渡さなくてもいい。あと少しの辛抱だ。

本決まりになったら女将に事情を話して、コンサルティングは途中でストップしてもらおう。

そんなことを考えていると、直はさらに顔を近づけてきた。

「まぁ、いい。やっと沙耶も反抗するのを諦めたか」

「諦めた訳じゃないわ。女将の意思を尊重しただけ。それに、峰岸さんが取り計らってくれれば、融資だけでなく今後も力を貸してもらえる。そうしたら」

「俺がコンサルティングする必要はなくなるし、この旅館を譲渡することもなくなる、か？」

「その通りよ！」

深く頷きながらも、私は直の様子を窺った。彼は私のこの態度を、どう思うのだろうか。

ああ、もう。きっぱり未練を捨てきれない自分が腹立たしい。

一つ一つの発言に、後悔ばかりが重なっていく。複雑な気持ちを抱きながら、私は思いを振り払った。

「女将の決断だから、融資が決まるまでは直の手伝いもする。だけど、融資が決まったら……出て行って」

峰岸さんと結婚が決まり、メインバンクからの融資が始まる。

そうしたら、ボイラー設備をなんとかして……。うん、大丈夫だ。どうにかなる。

この旅館を他人の手に渡らせてたまるものか！

ここは、父が必死に守り抜いてきた旅館だ。外資系の会社なんかに取られたくない。

ギュッと唇を噛みしめていると、直は小さく息を吐き出した。

彼のため息に反応して思わず身体をビクッと震わせると、つむじを指でチョンチョンと突かれる。

慌てて顔を上げると、直は今までの話を何も聞いていなかったかのようにケロッとしていた。

そのまま彼は、不敵に口角を上げる。

「メインバンクからの融資の話は、とりあえず保留な」

「保留って。ほとんど決まったも同然なのよ！」

口に出しては言っていないが、直の態度は『バカなことはよせ』と言っているように見えた。

自分でもよくわかっている。旅館存続のためのお金を、自分の未来と引き換えにしてまでほしいなんてバカなんじゃないかと思う。ヤケになっていることもわかっている。

だけど、この方法しかないと思ったからこその暴挙なのだ。

直は、ジロリと私を鋭い視線で見つめてきた。

「昨日も言っただろう。それも含めて、俺が沙耶を守る」

「あのねぇ！」

言い返そうとする私を、直は手のひらをかざしてストップさせる。

「それより、沙耶に文句がある」

「え？」

「俺はお前の男だ。名前で呼べよ」

「な、何を言っているのよ！」

「今後二人きりのときに直って呼ばなければ、返事しないから」

「また、そんな子供みたいなことを」

呆れて肩を竦めたところ、突然直に抱きしめられてしまった。

「ちょ、ちょっと!!」

「呼ぶのか？　呼ばないのか？　どっちなんだ？」

「だーかーら！　私と志波さんはビジネスパートナーなんだから、名前で呼ぶのはおかしいでしょう？」

強引にでも境界線を引いておかないと、私はズルズルと気持ちを引きずってしまう。

それが自覚できているからこそ、私は他人行儀な態度でいたいのだ。

直の腕の中から逃げ出そうと必死になっていると、耳元で囁かれる。

「沙耶は、本当にいい度胸しているよな？」

ゾクリ。身体中が甘く痺れてしまう。

この声色は、ベッドの中でよく聞いたものだ。

身体がカッと熱くなり、直から逃げようとしていた動きが止まってしまう。

直は私の頭をゆっくりと撫でながら、その魅惑的な声で囁いた。

「お前が姿を消して……俺がどんな思いでいたと思っているんだ？」

「え？」

ギュッと抱きしめられ、その力強さに、そして直から伝わってくる切なさに、胸が苦しくなる。

「同期の誰にも居場所を言わずに逃げるなんてな。想像もしていなかった」

「うっ」

「俺も舐められたものだ」

「そ、それは……」

黙りこくる私の頭を撫でながら、直は息を吐き出して言う。

「部長に聞き出すのは、本当に大変だったんだぞ？」

「……文恵が聞き出したんじゃないの？」

「秋野とタッグを組んで、部長を揺すったり、脅したり。それでも、なかなか口を割らなかったんだ。……大変だった」

直と文恵のタッグ。それは、きっと恐ろしかったに違いない。

ここにはいない部長に申し訳ない気持ちを抱いていると、こめかみに柔らかい感触がした。

直の唇が触れているとわかった私は、おおいに慌てる。

再び逃げ出そうとしたが、直の真摯な声を聞いて、動きを止めた。

「経営立て直しと同時進行で、沙耶を口説く。なりふり構わずいくから、覚悟しろ」

「は……？」

「は？　じゃない。やっとの思いで口説き落としたのに、また一から始めなきゃいけないなんてな。なんて手間のかかる女なんだよ」

「な、何よ。それなら、もう放っておいてもらっていいんですけど！」

そう、私が直と付き合い出したのは、彼の猛アタックがあったからなのだ。

そのアプローチの仕方は……とにかくすごかった。最後は私が根負けしたと言っても過言ではない。

あれからどんどん彼を好きになっていく自分に、戸惑いを隠せなかった。

今は諦めることを苦しむほどに、彼の虜になっているなんて。あの頃には想像もできなかったことだ。

気の置けない同期という立場から、一気に恋人の地位まで引っ張り上げられてしまった私。

あの猛アタックを、もう一度されるのだろうか。

今でさえも決意がグラグラと揺れて心許ないのに、あんなふうにされてしまったら……一体、私はどうなってしまうのだろう。

これは冗談だと流した方がいいかもしれない。

アハハとわざとらしく笑ったあと、私は肩を竦めた。

「何を言っているんだか。からかわないで」

彼の胸板を押して、距離を置く。だが、私に降り注ぐ直の熱い視線に焦がされてしまいそうだ。

この場から逃げ出してしまおうか。玉砂利の音をさせながら、一歩下がる。

その一歩の距離を、すぐに直は詰めてきた。

「冗談なんかじゃないぞ？　俺は、ずっとずっとお前一筋だ」

真摯な視線に貫かれて、私の身体と頭はフリーズしてしまう。

腰を屈めた直は、私に顔を近づけてくる。

一センチ、また一センチと彼との距離が縮まり、あと数ミリで唇と唇が触れ合う距離になって――ようやく、私の口は動き出した。

「経営を立て直したら、直はNYに戻るんでしょ？　私は旅館を残してついて行けない。だから別れたって言っているの」

「……」

黙ったままの直にバレないように、私は小さく息をつく。

「この話はもうおしまいよ、志波さん。女将の命令だから、私は貴方のお仕事に協力する。一応この旅館のためにもなるし、協力は惜しまないわ。だけど、融資が決まったあとは、この旅館を諦めてちょうだい」

「……」

「とにかく、私たちは別れたのよ。今一緒にいるのは、ビジネスのため。だから、貴方のことをもう名前では呼ばないから」

頑なに宣言する私を見て、直はキスを諦めたようだ。

近づけていた顔を離し、彼は背筋をピンと伸ばす。

「そんなことを言っていられるのも、今のうちだけだから」

「は？」

フフッと意味深に笑う直に、私は胸騒ぎを覚えた。

この笑み、どこかで見た記憶がある。

後ずさった私に、直はもう一度笑った。

「白無垢、用意しとくからな。旅館の経営立て直しが終わったら結婚するぞ」

「なっ⁉」

目を丸くする私に、直は高々と宣言する。

「せいぜい逃げ回っていろよ。だがな、俺は絶対に逃がさないから」

それだけ言うと、直は私を置いて旅館の方へと足を向けた。そのまま、「番頭さーん」と兄へ声をかける。

その後ろ姿に、私は言葉では言い表せないほどの戸惑いを感じたのだった。

――白無垢を用意する。そんな一方的な結婚宣言をした直は、それから徐々に旅館経営の立て直し計画を打ち出していった。

まず、最初にテコ入れしたのは、慢性的な経常赤字についてだ。

うちの旅館だけでなく、宿泊業界は今、どこも苦しい闘いを強いられている。

一番の問題は売上の低迷なのだが、その大きな原因は顧客数の減少や客単価の低下である。

こうした温泉宿での顧客数の減少は、日本の休暇制度の変化によるところも大きい。

働き方改革の結果、長期連休を取れる企業が多くなった今、国内ではなく海外へと視線が向けられてしまうからだ。

あとは、客単価の低下。これが、なかなかシビアな問題の一つでもある。

空室をあまり作りたくない。となれば、旅行会社に顧客を回してもらおうとする。

そうすれば確かに顧客は回ってくるが、買いたたかれることも多い。

それに手数料も取られてしまう。

低価格で買いたたかれ、その上マージンも取られるようでは、大赤字もいいところなのだが、目先の運転資金を確保するには、どうしても旅行会社に頼まなければならなくなってしまうのだ。

旅館瀬野は客室数が少なく、団体で来るツアー客などを請け負えないため、買いたたかれることはあまりないが、それでも旅行会社への依頼料が大きな出費の一つであることは間違いない。

自社ホームページや口コミだけで空室を埋めることができれば、旅行会社に頼る必要もなくなる。

わかってはいるが、それだけで空室を埋めるのは大変なことだ。

「まぁ、どこの宿泊業者も同じことで悩んでいるよな」

「そうよね……」

私と直は、決算書類を見てため息を零す。

貸借対照表と損益計算書の資料を手に取り、直は唸り声を上げた。

貸借対照表とは、資産、負債、資本の一定期間の状態を、そして損益計算書とは、収益と費用の状態を表す計算書だ。

「まずは損益計算書の改善からだな」

「え？　貸借対照表じゃなくて？」

「ああ、債務が大きく削減されても、旅館の収益は結局変わらない。資金繰りを整えたところで、利益が上がらなければ再びドツボに嵌る」

「なるほど……」

フムと顎に手を置いて考え込んでいると、ふと正面から視線を感じる。

慌てて顔を上げれば、直が嬉しそうに笑っていた。

「え？　な、何？」

笑みの理由がわからなくて戸惑っていると、彼は懐かしむように頬を緩ませる。

「なんだか懐かしいな」

「え？」

なんのことだろうかと直の顔を凝視すると、彼はフフッと声を上げて笑う。

「一緒に働いていた頃を思い出す」

「あ、ああ……」

確かに以前経営企画部にいた頃は、こんなふうに二人で仕事をしていた。

懐かしくて、私も頬を緩める。

「志波さんとは、よくタッグを組んでいたものね」

私は直のように経営企画そのものを行うのではなく補佐的な立場だったので、彼とはよくタッグを組んだものだ。

あの頃は良かった。昔を思い、遠くを見つめてしまう。

直と恋人同士だったあの頃は、毎日がキラキラと輝いていた。

だが、もう当時には戻れない。時間というのは、なんて残酷なんだろう。

私は小さく頭を振って、直を促した。

「昔話は、もうおしまい。さぁ、仕事に取りかかりましょう？」

「……」

「志波さん？」

返事がない直を不思議に思って見つめていると、直はメガネを外した。

そのまま彼は立ち上がり、突然テーブルに手をついて前屈みになった。

私たちの距離が近づいたことにビックリしすぎて、次の動作が遅くなる。

視線を遮るメガネがなくなり、直の目をより鮮明に見つめることができた。だが、その目はどこか淫靡な色に染まっている。
ハッと我に返ったときには、私の唇は直の柔らかい唇に食べられていた。
「っふ……んんっ！」
食べられている。その表現が正しいと思う。
直は私の唇を余すところなく、その熱く柔らかい唇で攻め立てていく。
止める間もなく口内へと入ってきた舌は、すぐさま私の舌を見つけて絡みついてきた。
そこから彼の熱が伝わり、同時に舌の根元を刺激されて身体が火照っていく。
深く深くと求める彼に、私は身体を震わせてしまった。
唇が、身体が喜んでいる……。そんな自分に気がつくのに時間はかからなかったが、
それでも理性はきちんと働いていた。
私は慌てて顔を背けてキスを拒んだ。ハァハァと呼吸が荒くなっているのがわかって、
恥ずかしさが込み上げてくる。
すると、ようやく直が私から離れてソファーに身体を沈める。
ホッと胸を撫で下ろしたあと、私は彼を睨んだ。
「何するのよ！」
非難する声のボリュームは抑えたが、声の鋭さは強めた。
事務所でいきなり私の怒鳴り声が聞こえれば、従業員の皆が心配して飛んできてしま

うだろう。

だが、キスをしてきた本人は涼しい顔をしているのだから参ってしまう。

「何するって、キスだけど?」

「だ、だから! どうしてキスするのよ!」

再び声が大きくなってしまいそうになり、口を手で押さえつつ言う。

眉間に皺を寄せて直を睨みつけていると、彼はシレッとした様子で自分の唇に指で触れた。

「自分の婚約者にキスして何が悪い?」

「は……?」

「は? じゃない。言っただろう? 白無垢を用意しておくって」

呆れたように直は肩を竦めた。

これでは、私が悪いみたいじゃないか。ムッと口を歪めて、私も負けじと肩を竦める。

「それは志波さんが勝手に言っているだけでしょう?」

そうして背筋を伸ばし直を見れば、彼は小さく嘆息した。

「はいはい、若女将。では、今からしっかりと働かせていただきますよ」

直はおどけながらメガネをかけ直したあと、資料を手に取って呟いた。

突然合意もなくキスをしてきて、謝罪もないなんて、どうかと思う。

ますます口を尖らせる私に顔を向けると、直はスッと視線を逸らし、急に真面目な口調で言った。

「やっぱり旅館は人件費がかさむよな」

それを聞いて、先ほどまでの怒りが吹き飛ぶくらいに慌てた。

「ちょっと待って！　人件費は削りたくない」

ここにいる従業員、誰一人として辞めさせる訳にはいかない。

父の代からずっと、旅館瀬野を支えてくれた大切な従業員たちだ。

誰一人として、必要でない人なんていやしない。それをどう言えば直にわかってもらえるだろう。

彼はコンサルタントだ。不要と判断したものは、容赦なく切り捨てる。

それはコンサルタントとして必要なことだとわかっているし、人情だけでは経営は成り立たない。それぐらい、わかっている。だけど……。

必死な形相で訴えると、直は小さく頷いた。

「ああ、わかっている。俺も、そこはテコ入れしたくない」

「本当……？」

「一番支出を削りやすいところだが、人は一朝一夕では育たない。必要なときにきちんと動ける人間を、残しておかなくてはダメだ。旅館経営を立て直す上で、人件費削減はあまり効果的な方法ではない」

そう断言した直に、心底安心した。誰一人として切り捨てられることはなさそうだ。

ホッとしていると、直はタブレットを持ち出し、私にディスプレイを見せてくる。

「真っ先に取り組みたいのは、こんなところだな」

「……」

「老舗(しにせ)旅館で古いのは、建物と伝統だけでいい。あとは、どんどん新しいモノを取り入れていこう。追々情報も、皆で共有化するつもりだ」

「待って。うちの旅館は大型旅館とは違って客室数だって少ない。端末を使ったデータの共有化なんて、やる必要があるの？」

「ある。ここの客室数は、全部で二十。全盛期は接客係が一人一部屋を担当していたようだが、今は？」

「一人で二、三部屋担当することが多いかも」

昔は従業員の数も今の倍はいたという話を父から聞いたことがある。

だが、ここ十年ほどで全盛期の半分以下になってしまったのだ。

「仕事を見える化して、余分をそぎ落とす必要がある」

「確かに」

コクコクと頷(うなず)いて同意すると、直は軽やかに笑った。

「あとは、インバウンドにも目を向けられればいいんだけどな」

「インバウンドというと、海外からのお客様のこと？」

「そう。とはいえ、そっちも今のところ手詰まりな感じがするから、新たな市場を探すことも考えていかなければならない」

ふぅ、と小さく息をついたあと、直は私を見て目元を緩める。

「ただ、すぐに手を付けなければいけないのは、そこじゃない。インバウンドの件は、ある程度改革が進んでからだな」

とりあえずの経営立て直しだけかと思っていたが、どうやら直は先を見越したコンサルティングまでしてくれるらしい。

まあ、直の会社に経営権が移ることを思えば、先を見越しての立て直しが必要なのだろうけど。

直はタブレットをフリックして、違う資料を見せてきた。

「この旅館は、食材原価率が高いのが気になるな」

「食材原価率……」

食材原価率とは、売上に対して、提供する料理を作るためにかかった材料費の原価が、どのくらいの割合を占めているのかを表したものだ。

「そう。まずは、宿泊関連にかかる一人当たりの金額がこれ。で、旅館瀬野の基本料金から引く。すると食事関連にかけることができる金額がこれぐらい」

「……できなくは、ないけど」

「そう。できない金額じゃない。だが、赤字になっている。どうしてだと思う?」

考えてみるが、特に理由は思いつかない。

瀬野の板長は父の代から長年働いてくれている超ベテランだし、信頼のおける人でもある。

彼に任せておけば大丈夫だと、我が家ではそういう認識だったのだけど……

わからないと首を横に振ると、直はタブレットの電源を切った。

「といった疑問や困り事を解決するのが、俺の仕事。まぁ、安心して見ていろよ、沙耶」

「安心してって……」

戸惑っていると、彼はスクッと勢いよくソファーから立ち上がり、凛々しい表情で私を見下ろしてきた。

「お前が頭取の息子と結婚なんてしなくても、俺がなんとかしてやるって言っているんだ」

「だから……」

いくら直といえど、たった数ヶ月でうちの赤字経営を立て直すことはできないのだから、早急に融資が必要になる現状に変わりない。

もし、うまく経営を回せるようになったとしても、やっぱり先立つものが必要となる。

だから私は峰岸さんと結婚した方がいいのだ。

彼は今回の融資だけではなく、継続的に瀬野を助けてくれると言っているのだから。

改めて説明し直すと、彼はフッと私を小馬鹿にするように笑った。

そして、何も言わずに私に背中を向けてヒラヒラと手を振る。

「もう!!」

まだ話は終わってない！　と憤慨（ふんがい）する私を残して、直は出て行ってしまった。

ふと、時計を見て青ざめる。もうすぐお客様がチェックアウトされる時間だ。

お帰りになられる皆様を見送らなければと、私は慌ててソファーから立ち上がり、急いでフロントへと向かった。

＊　＊　＊

（信じられない……完敗だわ）

天井を仰（あお）いで、ガックリと肩を落とす。

そして、直が提出してきた書類の数々に目を通したあと、ソファーの背に身体を預けた。

直が旅館瀬野に来てから、まだひと月だ。

それなのに、目に見えるほど状況が改善されている。

この前、ネットで検索して知ったのだが、直が所属しているプロジェクトリソースという会社は世界的にも有名らしい。

さすがは、有名コンサルタント会社に引き抜かれた人ということだ。

私が奮闘したこの一年はなんだったのだろうか。

遠い目をして、ただ天井を見つめる。

直がまず取りかかったのは、最初に説明してくれた、食材原価率を下げることだった。

料理の質を下げたくない、と提案を突っぱねる板長を尻目に、直は黙々と過去の領収書などを精査していく。

そこで判明したのは、所謂昔からのお付き合いがネックになっていたことだった。

明らかに余所の店で買った方が安く手に入るという食材でも、昔なじみのお店で買っていたせいで、食材費がかさんでいたのだ。

板長曰く、『先代からの付き合いだった』ということで、彼は最後の最後まで渋っていたが、直はなんとか説得した。

中間マージンを最低限抑える努力をして、大幅なコストダウンへと導いたのだ。

だが直は、板長のメンツを潰さないよう、細やかな対応もしてみせた。

全部が全部、直が推薦した店に頼むのではなく、商品の一部は以前からの付き合いがある店に発注したり、食品の代わりに飲料の専売契約を結んだりなど、少しでも関係に歪みが出ないよう工夫したのだ。

とにかく細かいところから少しずつ改善していき、その結果明らかに成果が上がっていく様を見ていれば、誰もが『志波さん、すごい！』と感嘆の声を上げるのも頷ける。

しかもそれを、このひと月の間にやってのけたのだ。さすがすぎて、舌を巻いてしまう。

一方の私はどうだろうか。

この一年間、少しでも経営を向上させようと頑張ってきたが、どれも空振りに終わっているような気がする。

（私がやっていたことって、なんだったんだろう）

女将が直にコンサルティングを頼むことを決めたのは、この件は私には荷が重すぎると思ったからなのだろう。残念ながら、その判断に間違いはなかったということだ。

そんな私にできることと言えば、現時点ではただ一つ。融資をしてもらえるよう、峰岸さんと結婚することしかない。

直はそんなことはしなくていいと言っていたが、これは瀬野を営業し続けるためにも必要なことだ。

直はまだ、他の融資先を選定できていない。やはりどこも、貸し渋っているのだろう。それも仕方がないことだと思う。多分うちは、メインバンクからの融資を打ち止めにされたという噂が立っている。そんな旅館に融資しようなんて、どこも考えないだろうから。

嘆いていても仕方がない。私に力がなかっただけ。それだけのことだ。

ため息をついていると、良子さんから内線が入った。

『若女将、峰岸さんがお見えになっていますよ』

「わかりました。今、そちらに向かいます」

帯をポンと叩いて気合を入れ、私は峰岸さんが待っているフロントへと足を運ぶ。

彼と顔を合わせるのは、はっきり言って気が重い。

だが、大事なお客様だ。丁重な対応をしなければならない。

彼がへそを曲げて『今回のお話は、すべてなかったことに』なんて言い出したら、この旅館の未来はなくなってしまうのだ。

ヨシッと拳を握りしめたあと、ロビーにいた峰岸さんに声をかけようとしたが、先に彼の方が私に気がついた。

「こんにちは、沙耶さん。お忙しいときにお邪魔してすみません」

「いえ、大丈夫ですよ。この時間でしたら、旅館の方も落ち着いておりますから」

お昼少し前の今は、前日にお泊まりいただいていたお客様のチェックアウトもすべて済んでいる。

従業員も休憩しているこの時間は、唯一落ち着いているタイミングだ。

そういった意味では大丈夫なのだが、やはり彼とはあまり顔を合わせたくはない。

皆は休憩室にいたり、外出したりしていることが多いので、ロビーにはあまり人は来ないだろうが、峰岸さんとお話しする内容は従業員に聞かせたくはない。

私は、母屋の方へと彼を案内する。女将は先ほど外出してしまったので、誰もいないはずだ。

「どうぞ、こちらへ」

峰岸さんの前を歩いて旅館を出ると、母屋に続く庭へと出る。

時折、頬をかすめる風が気持ちいい。

赤とんぼが悠々と空を舞い、秋も深まってきたことを知らせてくれる。

秋が好きな私としては、もう少しこの季節を満喫していたいが、すぐに木枯らし舞う季節がやってくる。それは少しだけ勿体なく感じた。

「この庭は、いつ来てもいいですね」

「え？」

「訪れる者を癒してくれる。ホッとしますね」

「ありがとうございます」

純粋に嬉しさを覚え峰岸さんを振り返ると、突然彼の腕に抱きしめられた。

何が起こったのか一瞬わからず、身体が硬直してしまう。

「み、峰岸さん⁉」

「シッ！　誰かに気づかれてしまう。今は、沙耶さんを独り占めしていたい」

「独り占めって！」

慌てて腕の中から出ようとするが、力強く抱きしめられているため叶わない。

抵抗する私に、彼は耳元で囁いた。

「もうすぐ、貴女を誰にも咎められずに抱きしめることができる」

「っ！」

「結婚するということは、そういうことですよ。沙耶さん」

峰岸さんの声に、私は身震いをした。

（どうしよう、怖い。怖い‼）

再び身体が硬直してしまった私は、なんとか震える唇を開く。

「み、峰岸さん……っ。で、でも。まだ、契約は完了していませんよ！」

「ふふ、そうでしたね。でも、こちらも準備が整いつつあります」

「え？」

ようやく腕の中から解放されたが、彼は未だに私の肩に触れたままだ。

後ずさって逃げようとしたが、彼の手に力強く掴まれていて動けない。

戸惑う私に、峰岸さんは腰を屈めて顔を近づけてきた。

「とりあえずの融資が決定しましたよ」

「ほ、本当ですか⁉」

ホッと胸を撫で下ろす私に、峰岸さんはさらに顔を近づけてくる。

「え？　ちょ、ちょっと！」

「なんですか？　私は貴女の望みを叶えたんですよ。キスぐらいさせてください」

「で、でも！　銀行からの契約書をまだいただいていませんから」

逃げ腰の私を、峰岸さんは熱っぽい目で見つめてくる。

「それも近いうちに必ず。ではその書類を持ってきたら、すぐに結納をしましょうね」

「ゆ、結納……？」

「きちんと順序は守りますよ。だけど、とりあえずは頑張ったご褒美をください」

徐々に近づいてくる峰岸さんの唇。このままでは、彼にキスをされてしまう。

（やだ！　私……直以外の男の人とキスしたくない‼）

ずっと抑えていた感情が溢れ、視界が滲んでくる。

でも、私は峰岸さんと結婚をする覚悟を決めたのだ。

旅館のためだ。キスの一つや二つ、どうってことない。

大丈夫。私は、守りたいもののために頑張れる。

そうして、ギュッと目を固く瞑ったときだ。

私は誰かの手によって後ろに引っ張られ、ぐらりと体勢を崩した。

倒れると慌てたが、そのまま誰かの腕の中にすっぽりと収まってしまう。

ギュッと抱きしめられた途端、フワッと香るのは、ほのかに甘くセクシーな香り。

直がよく付けているオードトワレの香りだった。

振り返ると、直が私を抱き留めてくれていた。ホッとして、身体の硬直が解ける。

「これは、これは。山高銀行の峰岸さんではないですか。若女将に何かご用が？」

「……貴方は？」

わざとらしい笑みを浮かべた直を、峰岸さんは警戒したようだ。

直は私を立たせると、内ポケットから名刺ケースを取り出す。

「ご挨拶が遅くなりました。私、プロジェクトリソースの志波と申します」

「……経営コンサルタント会社の方ですか」

峰岸さんは、直から手渡された名刺をジッと見つめている。

直は人の良さそうな笑みを浮かべ、ビジネスモードで峰岸さんに話しかけた。

「こちらの女将さんのご依頼で、旅館瀬野の立て直しのお手伝いをさせていただいております」

「ほぉ、なるほどね」

小さく頷いたあと、峰岸さんは私に視線を向けてきた。

「沙耶さんが旅館に深い愛情をお持ちであることは知っていますし、立派ですが……経営コンサルタント会社に依頼をしているのなら、将来の夫になる私にも、一言相談していただきたかった」

「っ！」

どうしたらよいものかと頭を抱えていると、ピリリと着信音が聞こえてきた。どうやら峰岸さんのスマホからだったようで、チラリと画面を確認すると、峰岸さんは小さく息を吐く。

「タイムリミットのようです。沙耶さんと今後のことについてお話ができればと思っていたのですが、残念です」

「……」

心底安堵しました、とは言えず、私は曖昧にほほ笑む。

すると峰岸さんは、直に視線を向けながら私宛ての言葉を言い放った。

「沙耶さん、ご安心を。私と結婚すれば、必ずやこの旅館は守ってみせますから」

「えっと……その」

「よろしければ、私の知り合いにも経営コンサルタントがいますから、そちらに依頼し直しましょうか」

とても挑発的な態度だ。峰岸さんは、直にまっすぐ向き直る。

「沙耶さんは私のフィアンセですから、軽々しく触れないでください。不愉快だ」

さすがに抗議しようとしたが、動いたのは直の方が先だった。

「そうですか、それは失礼。若女将がとてもお困りの様子だったので、お助けしただけですが……なるほど、そういうプレイでしたか？」

「っ！」

（なんのプレイだ、なんの!!）

ギョッとして直を睨みつけるが、彼は私の視線など無視して続ける。

「とりあえず、もうしばらく私にコンサルティングさせていただけませんか？　必ずや成果を出してみせますから」

直の表情は自信に満ち溢れており、なおかつ射抜くような鋭い視線で峰岸さんを見つめている。

近づくのも怖いほどの威圧感に、峰岸さんも呑まれてしまった様子だ。

少し怯んだ様子で、「では、失礼」と逃げるように去って行った。

誰もいなくなった庭には、とてつもなく恐ろしいオーラを放つ男と、及び腰の女だけ。

直が口を開く前に退散した方が賢明だろうと私も動き出したが、すぐに直に捕まってしまう。

肩を掴まれ、そのまま強引に腕の中へと導かれた。

「す、す、直⁉」

「フン。とりあえず、『志波』と呼ばなかったから許してやろう」

慌てて訂正しようとしたが、その唇は直に奪われてしまう。

「あ……‼」

角度を変えて何度もキスをされ、しまいには膝が震えてきてしまった。

直のスーツの襟元を握りしめ、しゃがみ込まないようになんとか耐える。

「っふ……ぁ」

唇もギュッとキツく結んでいたが、彼の舌にノックされて条件反射のように力を抜いてしまった。

熱い舌は私の何もかもを奪うように、ねっとりと口内に侵入してくる。

息苦しくなって直の胸板を叩くが、彼は止まってくれない。

ギュッと閉じていた目を開けると、涙で視界が滲んでいた。

視界の先には、色気が際立つ瞳で私を見つめる直がいる。

ドクンと大きく胸が高鳴る。直の手は、私の身体のラインを確かめるような動きをし始めた。

ゾクゾクッと背に走るのは、久しぶりに感じる甘い予感だ。

今まで何度、直の手に愛撫されてきただろう。

身体はしっかり覚えているようで、彼の手を拒まない。

ようやく解放されたときには、私は玉砂利の上に力なく座り込んでいた。

乱れた呼吸を整えつつ、直を見上げる。

逆光のせいで、彼がどんな表情をしているのか、確認できない。

だけど、彼を取り巻く空気は不穏なもののように感じる。

逃げたいのに、先ほどの愛撫で身体に力が入らない。ただ、表情の見えない直を見上げていると、彼は盛大にため息をつく。

「お前なぁ。あんな男に触らせるな」

「だ、だって……一応、婚約者だし」

口では言い訳がましいことを言ったが、自分でその言葉にショックを受けた。

そう。私は峰岸さんと結婚する。それは、私が決断したことだ。

だが、実際はどうだろう。

峰岸さんが私を抱きしめてきたとき、〝この人じゃない〟と身体も心も拒否反応を示した。怖さのあまり動けなくなったほどだ。

だというのに、私は彼と結婚なんてできるのだろうか。

ねっとりとした声を思い出し、身体が震え上がってしまう。

無言のまま俯いていると、玉砂利の音が聞こえ、目の前に直の手が現れた。

驚いて顔を上げると、しゃがみ込んだ直が私に手を差し伸べている。

「ほら、手を貸せ」

無意識に手を伸ばそうとしたが、ハッと我に返る。

私はもう、直の彼女じゃない。こんなに優しくしてもらう理由がない。

それに、この手に触れたら、後戻りができない気がする。

下げようとした手は、すかさず直に掴まれてしまった。

そのまま私の身体をグイッと引っ張り上げ、直はジッと見つめてくる。

何か言ってほしい。だけど、何を言われるのか怖くて聞きたくない。

色々な感情が押し寄せてきて、私は再び俯く。

自分の草履を見つめていると、直が頭にポンポンと優しく触れてきた。

「忘れるなよ、沙耶。俺は言ったはずだ、旅館とお前を守るって」

ゆっくりと私の髪を撫でる手は、大事なモノに触れるように慎重だ。

伝わってくるぬくもりにウットリして目を瞑ると、鼻先をピンと指で弾かれる。

おまけに腰を屈めて近づいてきたと思ったら、直は私を抱き上げた。

「ちょ、ちょっと！　直⁉」

驚いて声を上げた私を、直は鋭い視線で睨みつけてくる。

「シッ。静かにしていろ」

「だ、だって！」

小声で言う直につられて、私も小声になってしまう。

直は私を抱き上げたまま、旅館へ続く道を歩いて行く。

玉砂利を踏みしめる音が庭に響き、その音で誰かが気づいてしまうのではないかと気が気ではない。

私は、彼の腕の中で息を潜めた。

本来なら大声で叫んで助けを求めてもいい場面なのに、彼の言うことを聞いてしまっているなんて。この現状に苦笑いが込み上げてきた。

直に抱き上げられている格好を、従業員の皆に見られたら……恥ずかしすぎる。

そうでなくとも、ここ最近皆から『若女将、志波さん狙っちゃいなさいよ』とはやし立てられているのだ。

こんなところを見られたら……直のことを狙っていないと訂正しても、誰も信じてくれないだろう。

だが、直は今かなり怒っているようだ。

静かにしろ、と告げる声も硬く苛立っているように感じたし、何より……チラリと見た直の顔から、直視できないほど怒りのオーラを感じるのだ。

私の頭の中に、色々な意味の警鐘が鳴り響く。

直の横顔はとにかく不機嫌極まりなくて、話しかけることはおろか、腕の中で身じろぐこともできないほどだ。

直の腕の中でカチンと固まった私は、そのまま旅館の中へと連れられていく。

館内に入ったら、ますます従業員に見つかる可能性が高まる。

さすがに、それは勘弁してもらいたい。

なんとか直に声をかけて下ろしてもらおうとしたのだが、彼は私を抱いたままリネン室へと入っていく。

入り口付近にある照明のスイッチを付けると、真っ暗だった部屋が仄かに明るくなる。

そこでようやく下ろしてもらえてホッと胸を撫で下ろした私だったが、カチャンと鍵がかかる音に驚いた。

「え？」

音がした方向を見ると、直が私を見ながら後ろ手で鍵を締めていた。

直を取り巻く重苦しい空気を肌で感じ、私は恐る恐る彼に疑問をぶつける。

「えっと……。どうして鍵をかけたの？」

その理由も不明だが、そもそもリネン室に連れ込まれた理由がわからない。

ただ、直は先ほどから無言な上に、言いようもない不穏な空気を醸し出している。

そんな彼を見ただけで、この状況がいかに危険であるか理解した。

「わ、私……。そろそろ仕事に戻らなくちゃ」

そう言って直の横を通り過ぎようとしたが、腕を掴まれてしまう。

あ、と小さく声を出した私は、そのまま彼の腕の中に閉じ込められた。

「ちょ、ちょっと！　放して」

「放さない」

「す……なお？」

彼の声がどこか切羽詰まったものに聞こえ、私は彼を見上げた。

直は、先ほどまでの不機嫌な空気はそのままに、とても辛そうな表情で瞳を揺らしていた。

お互いの視線と視線が絡み、私は声を発することができなくなった。

その一瞬ののち、彼は私の着物の襟の合わせに手を差し入れてくる。

驚きすぎて目を大きく見開く私に、直は情熱的な眼差しを向けてきた。その間も、彼の手は奥へ奥へと入り込んでくる。

直の指が、胸の頂をピンと弾いた。

硬直し続けていた私の身体が、ビクッと大きく震える。ここでようやくこの危機的な状況を察知した私は、直の手首を掴んで止めた。

だが、直の手は止まることを知らず、今度は胸を鷲掴みにする。

「何してっ……んん！」

反論しようとした言葉は、すぐに直の唇に呑み込まれてしまう。

貪るように唇を食まれ、次いで舌で唇を舐められた。

背にゾクリと官能的な甘さが走り、力を込めて閉じていた口が開いてしまう。

その瞬間を逃すものかと直の熱い舌が口内へと入り込んできた。

歯列を辿った舌は、逃げる私のそれに絡みついてきた。ぽってりとした熱く情熱的な舌に、身体は否応なく反応してしまう。

お互いの舌先が合わさった瞬間、ついに甘い声が零れ落ちた。

続きを催促しているような媚びた声だ。それが自分の口から出てきたものだとわかった瞬間、恥ずかしさで身体中が火照ってしまう。

身体をくねらせて直から逃げようとしたが、それは叶わなかった。

直の指が再び胸の頂を弄り始めたからだ。指の腹で弾かれたり、コロコロと転がすように弄られたり……

その度に燃えるような疼きを感じ、甘ったるい声が漏れてしまう。

不意に直がキスを止めた。食べられると錯覚するほど激しいキスが急に止まったことに驚いて、え、と目を何度か瞬かせていると、直はクイッと口角を意地悪く上げた。

「っあ！　やぁあんん！」

先ほどまでは柔らかいタッチで胸の頂に触れていた直の指が、キュッときつめに頂を摘んだのだ。

急に与えられた刺激に、思わず声が出てしまう。

「沙耶。今は唇で声を抑えてやっていないんだから、気をつけろよ？」

「っ！」

慌てて口を押さえると、直は「相変わらず、可愛いな」と表情を緩めた。

その表情が、とてもセクシーで……腰の辺りがキュンと切なく震えてしまう。

思わず見惚れていると、彼は突然その場にしゃがみ込んだ。

どうしたのかと不思議に思った瞬間、直は私の着物の裾を両手で持ち、大きく開かせる。

「ちょっと、直！」

口に当てた手を外し、私は着物を直そうとする。だが、直の方が一歩速かった。

直は、むき出しになった私の脚に唇を這わせ始める。

「ふっぁ……んん！」

ゾクゾクと甘美な痺れが身体中を走り、私は声を上げてしまった。

慌てて手で口を押さえると、直は着物の裾から顔を出して見上げてくる。

「いい子だ、沙耶。そのまま口を押さえておけよ」

「ま、待って。直……！」

「待てない。俺は今から沙耶を抱くから」

「っ！」

抗議しようと口を開くが、直が太ももに手を沿わせたせいで叶わない。

直は太ももに触れながら、そこに舌も這わせ始めた。

ねっとりと熱い舌が辿っていく。その度に膝が震え、声が零れ落ちそうになる。

さらに、チュッとキツく唇で吸われた感触がした。きっと、赤い痕がキレイに付いているいることだろう。

そのことに意識を持っていかれたとき、今度は脚の付け根に甘美な快感が走った。

「え？」

ショーツのラインに沿うように彼の指が動いている。

まさか、本当にここで抱かれてしまうのだろうか。

恥ずかしさと戸惑いに、さらに身体が火照った。だが、こんなところでする訳にはいかない。いつ何時、誰がここにやってくるかわからないのだ。

鍵をかけているとはいえ、常に開けっぱなしのリネン室が施錠されていること自体、気づかれたら何事かと不審に思われてしまうだろう。

「ダメ……ダメだってば」

ギュッと脚を閉じて抵抗するが、直は私のお願いを聞いてくれない。

着物の裾をより大きく開き、直はショーツに手をかけながら私を見上げてきた。

「止めない」

直の指がショーツの中へと入り込み、最も熱くなっている場所に触れようとする。

だけど、ダメ。今は絶対にダメだ。

脚を擦り合わせて拒むが、彼の指はそれに気づいてしまった。

「濡れているな」

「っ！」

「気持ちいい？」

ジッと見つめられて問われた私は、慌てて視線を逸らした。

だが、後から後から身体が熱くなっていくのがわかる。きっと全身真っ赤に染まっていることだろう。

それは、直もわかっているはずだ。

彼は小さく笑うと、再び指を動かし始めた。

「あ、あっ……っぁ」

「声、我慢しろよ」

ギュッと唇を噛みしめ、私は喉を反らした。

次から次へと与えられる甘すぎる刺激に、息が荒くなっていく。

こんなのダメだってわかっている。頭ではわかっているのに、身体が直を拒めないどころか、もっともっと刺激がほしい、愛してほしいと訴えかけている。

直の指が動く度に、グチュグチュと厭らしい蜜音が聞こえてきた。

そして、その音はさらに大きくなっていく。指の動きが激しさを増したからだ。

「っぁあ……も、もう！」

ガクガクと膝が震えてきて、私の意識は直の指が当たる場所に集中する。

「んんっ……！」

視界が真っ白に染まった瞬間、私の腰はビクビクッと快楽に震えた。

ズルズルと床にしゃがみ込んだ私は、甘い余韻を感じて動けない。

そんな私の鼻先に、直はチュッと軽くキスをしてきた。

ビックリして瞬きすると、直の唇が不敵に弧を描いた。

「沙耶の身体に触れていいのは、世界中でただ一人。俺だけってことを忘れるな」

「なっ!?」

そのまま鼻を摘まれ、私は眉間に皺を寄せる。すると、直は再び私の唇にかじり付いてきた。

「うふっ……ん」

鼻から抜ける声は甘ったるくて、耳を押さえてしまいたくなる。

甘く切なく震える私の身体を抱き寄せると、直は一度唇を離した。

私をジッと見つめるその瞳は、誰も文句が言えないほど魅力的で、私の胸の鼓動は再び高まっていく。

「ダ、ダメ……直」

今や直は私を床に押し倒し、荒々しい雰囲気を纏って見下ろしてきている。

私たちはもう恋人じゃない。だからもう、止めてほしい。

そう思いながらも、身体と心は止めてほしくない、連れ去ってほしいと叫んでいる。

だが、もう彼のところには戻れない。だって、私は……直じゃなくて、旅館を選択したのだから。

首を横に振ってかすかな抵抗を見せる私に、直は苛ついたように呟く。

「ダメじゃない」

「ダメだってば！」

だが、それを許さず、直は「もっと甘く啼けよ。昔みたいに俺に縋りつけ」と、腰が震えるような声色で囁く。

このまま、もう少しだけ。そんなズルい考えが脳裏に浮かんだとき、どこからか良子さんの声が聞こえてきた。

「若女将～、どこにいますか？」

私は咄嗟に起き上がり、直の胸板を押して彼と距離を取る。

乱れてしまった着物を直したあと、慌てて鍵を開けて廊下に出た。

「どうしましたか、良子さん」

すると、パタパタという足音を立てつつ、良子さんが庭側から顔を出した。

「あら、こんなところにいらしたんですか？　って……お邪魔だったかしら？」

私の背後から顔を覗かせた直を見て、ニンマリと意味ありげに笑う良子さんに、私は首を横に振った。

「べ、別に！　今後の計画について話していただけよ？　ね？　志波さん」

話を合わせてもらおうと取り繕ったが、直はそれに乗ってくれない。

「良子さん。タイミング悪すぎです」

「あら、ごめんなさいね」

「今、口説いている最中だったんですよ。もう少しで口説き落とせそうだったのに」

「おほほ！　でも、若女将は落ちなかったんでしょ？　頑固だし、昔から身持ちが堅いものねぇ」

と、悪戯っぽく笑う良子さん。頼むから勘弁してほしい。

なんとか気を取り直して、私は良子さんに声をかける。

「ところで良子さん、どうされましたか？」

「あ、そうそう。町内会長さんがお見えですよ。たぶん春のお祭りのことだと思うけど」

「わ、わかりました。すぐに行きます。申し訳ないですが、お茶をお出ししておいていただけませんか？」

「ええ。では、若女将。早く来てくださいよ」

そう言って釘を刺したあと、良子さんは足早に去って行った。

私たちを取り巻く不自然な空気に気がついていただろうに、何も聞かずに去ってくれてホッと胸を撫で下ろす。

続いて私もロビーに行こうと一歩踏み出したが、肩を掴まれ引き寄せられる。

え？　と思ったときには、チュッとリップノイズを立てた直の唇が離れたあとだった。

「忠告だ、若女将」

「忠告ってね……！」

何度もキスをしないで。それも、いつ人に見られるかわからない場所で！

そんな男に何を忠告されても信用できないし、聞きたくはないと内心憤慨していると、直は真剣な表情になる。

「あの男、本当に気をつけろ」

「え？　あの男って、もしかして峰岸さんのこと？」

直は深く頷いた。深刻そうなその表情に、不安が押し寄せてくる。

確かに先ほどの態度には少し怯えてしまったが、峰岸さんは基本的にはジェントルマンだと思う。

仲居さんたちにも人気があるし、銀行に行ったときにも女子行員たちの羨望の眼差しを感じる。

仕事もできると聞いているし、なんといっても山高銀行頭取の息子だ。人気があるのも頷ける。

契約結婚を持ちかけられたことを除けば、特に警戒するような人間には思えない。

先ほどの嫌悪感は、私が彼にすべてを委ねる覚悟ができていなかったせいで感じただけだ。たぶん……そうだと思う。

首を傾げると、直は深く息を吐き出して、哀れむような目で私を見てくる。まったくもって失礼なヤツだ。

ムッとして眉を顰（ひそ）めると、今度はおでこをピンと指で弾（はじ）かれた。

「四六時中、お前を守ることはできない。だから、とにかく気をつけろ」

それだけ言うと、直はスタスタと裏玄関から出て行ってしまう。

「一体なんなのよ！　もう!!」

誰もいなくなった廊下で一人プリプリと怒ったあと、私はまだ熱を持つ身体をギュッと抱きしめた。

身体中が直を欲している。それがわかっているからこそ、辛い。

もう、私は……彼の手を取れないのに。

峰岸さんとのことは、きっと時間が解決してくれるはず。

契約結婚なんて形で迫るほど、峰岸さんは私のことを好きでいてくれているのだ。

だから大丈夫。きっと私は……峰岸さんとゆっくりと愛情を紡（つむ）いでいけるはずだ。

本当に？　大丈夫？　そんな心の声は聞こえないふりをし、私は館内へと踵（きびす）を返した。

5

（……まただわ。なんだか気味が悪い）

マウスを動かしながら、私はパソコンのディスプレイを見て口元を歪めた。

ここ最近、旅館のホームページに設置してあるメールフォームから、あるコメントが送信され続けている。

送信自体はもちろん構わないのだが、その内容は旅館とは無関係なものばかりだ。

いや、無関係でもないか。内容は全部、私に宛てたものなのだから。

最初のメールは『若女将は美人ですね』というものだった。

ホームページには、私の写真も載っている。

とはいえ、そこに掲載している写真はあまり顔がわからないものを使用しているので、雰囲気で〝美人っぽいなぁ〟と勘違いした人がメールを送ってきたんじゃないかと、特に気にしてはいなかった。

だが、内容がだんだんとエスカレートしてきたのだ。

『若女将の声は、とても可愛らしい。ずっと聞いていたくなる』『若女将がよく差しているかんざし、お似合いです』などなど……、間近で見ていたかのようなメールがここ数日増えてきている。

今日届いていたメールは、『若女将、風邪を召されましたか？　ちょっと鼻声ですよね？』だった。

これは風邪ではなく花粉症が原因なのだが、問題はそこじゃない。どうしてそんなことまで知っているのか、ということである。

鼻声かどうかなんて、私と何度か話した人じゃないとわからない内容だ。

最初はお客様かなとも思ったのだが、ここ最近で連泊しているお客様はいない。

となれば、他に私の日常を知っている人なんて……

このメールについては、今はまだ私しか知らない。

旅館に対しての問い合わせや苦情ならば、早急に従業員の皆に知らせるところだが、とりあえず自分以外にまだ害はないので、様子見をしている状況だ。

だが、事はそれだけでは終わらなかった。

先ほど木島屋に和菓子を買いに行こうと外に出たとき、誰かにジッと見つめられているような視線を感じたのだ。

あんなメールがあったばかりで警戒していたから、気のせいかもしれないけど……

(まあ、皆には内緒にしておこう)

むやみに従業員の皆に、不安を植え付けるのもよくない。

ふぅ、と小さくため息をついていると、良子さんが事務所へと入ってきた。

「良子さん、お疲れ様です」

「お疲れ様です、若女将」

良子さんは、何か困ったような様子で頬に手を当てている。どうしたのだろうか。

何か言いたげな良子さんに、私は作業の手を止めて話しかけた。

「良子さん、何かあったんですか？」

彼女がそんな不安そうな表情をしていることはあまりないので、胸騒ぎがする。

「いえね……ここ最近、無言電話が多いんですよ」

「無言電話って。良子さんの携帯に？」

「いいえ、旅館にですよ」

「旅館に？」

目を見開く私に、良子さんは大きく頷いた。

「ええ。フロントの電話に、今日だけで五回ですよ」

「五回も？」

眉を顰めると、良子さんは「ええ」と何度も首を振る。

「それがもう、三日も続いていて。すぐ落ち着くかと思ったから、若女将にはお伝えしていなかったんですけど」

「三日って……！」

驚いて声を上げると、他の従業員も事務所に入ってきた。

私と良子さんの話が聞こえたのだろう。皆が口々に不安を漏らし始める。

「怖いんですよね。何度こちらから問いかけても何も話さないし」

「そうそう。それなのに息づかいだけは聞こえるから、気味が悪くって！」

次々に出てくる従業員の訴えに、私は言いようのない不安が込み上げてきた。

もしかしたらメールや、私が外で見られているような気がした一件も、同一犯の仕業かもしれない。

こうも怪しげな出来事が続くのだ。偶然で片付けるのは難しいだろう。

だが、こういうことはあまり世間に広めたくはない。

お客様にまでいらぬ不安を与えてしまう可能性もある。

そうでなくても、今はこの旅館にとって大事な時期だ。余計なことに振り回されたくないというのが本音である。

「とにかく、この件は内密に。電話のことは、私が対処するわ」

すると、そこにいた従業員たちは皆無言で頷いた。

さすがは宿泊業界のプロたち、心得ている。

小さな綻びが転落へと繋がっていく。そのことをよくわかっているのだ。

無言電話だけで不安がっている従業員たちには、やっぱりメールの件や、私が誰かに見られているかもしれないことは言わない方がいいだろう。

まずは無言電話がかかってきたら、私が対処して……とりあえず警察に連絡をしておこう。

融資や、直の件で頭がいっぱいだったのに、今度はストーカーまがいの被害に頭を悩ませることになるとは思いもしなかった。ため息しか出てこない。

こうして表面上はいつも通りの旅館瀬野だったが、さすがは経営コンサルタントというべきか、志波直だというべきか。

昼頃やってきた直は、すぐに私たちの異変に気がついたようだ。

「おい、沙耶」

「私は若女将です」

頑なにそれだけ繰り返していると、直は諦めて「若女将」と呼び方を変えた。

「なんでしょうか？　志波さん」

「なんでしょうか、じゃない。何があった？　また、峰岸絡みで何かあったのか？」

心配そうに見つめてくる視線を、私は意図的に躱す。

「何を言っているのか、さっぱり？」

直に背を向けて作業をしていると、背後で盛大なため息が聞こえた。

「相変わらずの意地っ張り発動か」

「意地っ張りじゃないし」

思わずプライベートモードに戻ってしまった自分を戒めるため、コホンと小さく咳払いをする。

直と接していると、どうにも若女将でい続けることができず困ってしまう。

何かに感づいているらしい直に、緊張したままの背中を見せる。

これにはもちろん、理由がある。

顔を見られたら、隠し事をしているのがすぐにバレてしまうからだ。

直は昔から勘がよく、私の心中なんてすべてお見通しであるかのようなところがある。

それがわかっているからこそ、直に顔を見られる訳にはいかないのだ。

直には、うちの旅館の経営立て直しをしてもらっている。あれだけの成果を見せられてしまえば、拒否していた私としても白旗を振るしかない。完敗だ。

そう判断して、今の私は、もう経営については直にすべて任せてしまおうと考え始めていた。

女将の意向ということもあるが、旅館が潰れて従業員が路頭に迷うことになるぐらいなら、たとえ経営権が他人に移るとしても旅館を存続させた方がいいのではと思い直したからだ。

だが、金銭面以外に関しては私がなんとかしたい。

（一応、これでも若女将なんだから、私がこのゴタゴタをなんとかしなくちゃダメでしょう！）

ムンと唇を横に引いて決意を新たにしていると、直は私の頭に触れてきた。

ポンポンと優しげに撫でる彼の仕草に、私の胸が高鳴り始める。

動揺していることがバレませんように。そう強く願っていると、直はため息を零しながら言った。

「強情だよな、沙耶は」

「そんなことない」

「そんなことある。まぁ……そこも可愛いが」

「っ！」

何を言い出した、この男は！

動揺しすぎて、持っていた書類を床にぶちまけるところだった。

バクバクとあり得ないほど大きな音が心臓から聞こえてくる。すぐ傍にいる直に聞こえてしまわないだろうか。

そんな不安と恥ずかしさが込み上げて、あたふたしてしまう。

私の動揺は、きっと直に伝わってしまっているだろう。だって、彼は小さく笑っている。

その笑い声を聞いて、ますます頬の熱さが増していくように感じた。

これ以上、直に心を乱されたくなくて、何食わぬ顔で彼の横をすり抜けようとする。

だが、腕を掴まれてしまい、逃げ出すことができなくなってしまった。

慌てて振り払おうとしたのだが、彼の囁きに動きを止めてしまう。

「沙耶」

直の声は元々好きだが、こうして私の名前を呼ぶときの声が一番好きだ。

自分の名前がなんだか特別なものに感じて、ドキドキする。

慈愛溢れる直の声に、私の思考はストップしてしまった。

そのまま腕を引っ張られて、私は彼の腕の中へと導かれてしまう。

拒絶しなければいけないのに、私のすべては直を欲していた。

ぬくもりが伝わる度に、疲れの溜まっていた心が癒されていく。

不安な心は正直なもので、もっと彼に癒してもらいたいと叫んでいた。

もう少しだけこの腕の中にいたい。そんな感情を抱いたことに、羞恥心が込み上げてくる。

だが、すぐにそのぬくもりは離れていき、彼は私を心配そうに見下ろした。

「無理だけはするなよ、沙耶」

それだけ言うと、直は「女将さんのところに行ってくる」と事務所を出て行った。

誰もいなくなったことを確認したあと、私は彼が出て行った扉を見つめる。

「意地っ張りは相変わらずって言うけど……。直だって相変わらずよ！」

あの男は、無自覚に私を誘惑してくる。

計算している訳じゃない、本当に無自覚なのだ。

だからこそ、困る。ストレートすぎる言葉と感情が私を惑わせるのだ。

「本当に勘弁してよ、直」

あんなふうに言われたら、今よりさらに彼を好きになってしまう。

忘れるなんてできない、もっともっと嵌ってしまうじゃないか。

だからもう、優しくしないで。そう思いながらも、冷たくされたら酷く落ち込むくせに と苦く笑う。

正反対な本心に呆れながら、私は直が出て行った扉を改めて見つめる。

私は、瀬野の若女将だ。旅館の責任者として、いつでも凛としていたい。

その気持ちは一年前から変わらず、きっと今後も同じだろう。

旅館が色々な問題を抱えて落ち着かない今こそ、私がグッと堪えなければならないときだ。

私は手にしていたファイルを、ギュッと抱きしめた。

気味が悪いことが起き始めてから一週間が経ったが、未だに無言電話は続き、メールも届き続けている。

私が外出するときも、やはり視線を感じて気持ちが悪い。

自意識過剰かもしれない。ただ、本当に誰かに後をつけられているとしたら……？

考えただけで身震いしてしまう。

今は直接的な接触がないからいい。だけど、今後エスカレートしていったら、誰かがなんらかの被害に遭う可能性が高くなる。

明日も続くようなら、さすがにもう一度警察に相談してみよう。

ただ、業務妨害とまではいかないラインで悪戯されている現状では、真面目に取り合ってもらえないかもしれない。

もし、旅館への嫌がらせではなく、私への個人的な恨みが原因だとしても、やはり決定的な被害がない以上、訴えることはできないだろう。

さすがに困った状況に頭を悩ませていると、その夜遅くに峰岸さんが旅館にやってきた。

キスを迫られた日から、十日が経っている。彼も気まずい思いをさせられたからか、あのあと顔を出すこともなかったのだが……

それにしても時間が時間だ。何か緊急な用事ができたのだろうか。銀行だってすでに閉まっている時間のはず。

彼と顔を合わせたくないということ以上に、不安が込み上げてくる。

旅館の玄関先に立つ峰岸さんからは、不穏な空気が漂っているように感じられた。

深刻そうな表情の峰岸さんを見て、今日はキスなどを迫られることはないだろうと安堵したが、やはり何かあったのかと胸騒ぎがした。

もしかして、融資がダメになったという話をしに来たのだろうか。

すぐに融資を受けられなければ、今年中で瀬野は廃業せざるを得ないだろう。

今までの努力も、歴史も……何もかもがなくなってしまうのだ。

ただ、心の奥底ではどこかホッとしていた。融資を受けられないということは、峰岸さんとの契約結婚も白紙に戻るからだ。

私の覚悟ができていないせいとはいえ、峰岸さんとの接触には、嫌悪感しかない。

こんな状態で、彼と結婚なんて無理だ。無理矢理気持ちを抑えて籍を入れたとしても、すぐ逃げ出したくなるのは目に見えている。

峰岸さんを事務所に通してお茶を出したあと、私はお盆を胸に抱えて彼の向かい側に座る。

深刻そうな空気はそのままながら、峰岸さんはお礼を言って湯飲みを手にした。

お茶を一口飲んだ彼は、この場に誰もいないことを確認してから、口を開く。

「実は、噂を耳にしたんです」

「噂、ですか？」

思わぬ話題に目を瞬かせていると、彼は私の顔をジッと見つめてきた。

「ええ」

峰岸さんは神妙な面持ちで頷いたあと、少し前屈みになりながら小声で続ける。

「この辺り一帯の土地を買い占めて、大型リゾート地にしようという計画が上がっているようなんです」

「え⁉」

「沙耶さんがご存知ないのも当然でしょう。今まで、水面下で動いてきた計画のようですし。私も先ほど入手したばかりの情報ですから」

目を見開いて固まる私を見て、峰岸さんは困ったように眉尻を下げた。

驚いて落としてしまったお盆を慌てて拾い上げていると、峰岸さんは、一枚の書類をテーブルに置いた。

それは、土地の買収予定箇所などが記載された計画書だった。

どうやら、すでに計画は始動しているようだ。目の前が真っ暗になっていく。

これから起こるであろうあらゆることを想定して、身体が震えた。

私の動揺に気づきつつも、峰岸さんは手に入れたという情報を淡々と話し出す。

「その計画を打ち出しているオーナーですが、今までもかなり強引な手を使って地上げをしてきたと聞いています」

これは、瀬野だけの問題ではない。

周りにある旅館だって大打撃を受けるだろうし、近くにある商店街だって買収の候補地に挙がっている可能性もある。

こんな大きな事業を計画する人物だ。きっと、かなりの大企業の経営者なのだろう。小さな商店街と潰れかけの旅館が束になったところで、敵わないかもしれない。

何も言えないでいる私に、峰岸さんは心配そうに声をかけてきた。

「沙耶さん。ここ最近、何か嫌がらせを受けていませんか？」

「え？」

ハッとして顔を上げる。思い当たる節は、たっぷりあった。

メールフォームから送られてくる気味の悪いメール、外に出れば視線を感じ、さらに旅館にかかってくる無言電話。

まさか、事業を計画している会社が脅しをかけてきているのだろうか。

ガクガクと身体が震えてしまう。まさか一連の行為に、そんな大きなバックが隠れていたなんて……

顔色を悪くした私を見て、峰岸さんは難しそうな表情で眉を顰める。

「やっぱりあったんですね……心配していた通りだった」

「峰岸さん」

「他の旅館や商店でも嫌がらせなどがあったと聞いています。なかなか厄介な相手に狙われてしまったようですね」

「そう……なんですね」

それ以上は何も言えず、ただ黙り込んでいると、峰岸さんは優しい声を出した。

「沙耶さん。私は、その企業のオーナーと顔見知りなんです」

「え？」

ハッと顔を上げると、彼は真剣な面持ちで頷いた。

「というか、オーナーは父の知人です。ですから、その繋がりを利用して、私なら話し合いの場を設けることができます」

「ほ、本当ですか⁉」

希望の光が射してきた。縋るように峰岸さんを見つめると、彼はゆっくりと目尻を下げて「大丈夫ですよ」とほほ笑んだ。

ひとまず胸を撫で下ろしていると、峰岸さんは「ただし！」と厳しい口調で続ける。

「一筋縄ではいかない相手です。とにかく、心してかかってください」

「は、はい」

ギュッと手を握りしめて頷く。すると峰岸さんは、テーブルの上に書類を一枚置いた。

それに視線を向けた私は目を見開く。――その書類は、婚姻届だったのだ。

私は声を震わせながら、峰岸さんに問いかけた。

「こ、これは？」

「沙耶さん。婚姻届にサインをしていただけませんか？」

まさかこのタイミングでそう言われるとは思ってもみなかった。

私は婚姻届を峰岸さんに突っ返し、反論する。

「で、でも。まだ、契約は履行されていませんよね？　それに、順序は守るって」

とりあえずの融資が決定したとは聞かされたが、書面での契約は交わしていない。

結納だって、銀行との契約を取り交わしてからとの約束だったはずだ。

それをすべて飛ばして、いきなり婚姻届を書けというのは、横暴すぎやしないだろうか。

峰岸さんに苦言を呈すると、彼は薄暗く笑った。

その表情の不穏さに、私は身体を震わせる。

続いて彼は冷たい声で、とんでもないことを言い出した。

「オーナーと交渉の際、沙耶さんのことを私の妻として紹介するつもりです」

「いや、ちょっと……ちょっと、待ってください！」

決定事項のように言い切る峰岸さんを制止したが、彼は聞く耳を持ってくれない。

「待てません。これは沙耶さんと、旅館瀬野を守るために必要なことなのですから」

「守るため、と言われても……」

戸惑い続ける私に、峰岸さんは強気の態度で迫ってくる。

「私の妻として紹介すれば、オーナーは貴女に会って話を聞いてくれることでしょう。うまくいけば、開発計画も止めてくれるかもしれない。とにかく、私と貴女は他人ではないと言える立場で相手に挑むべきです」

「で、でも！」

「時間がありません。こうしてモタモタしている間にも、オーナーは開発計画を進めてしまう。取り返しのつかないことになってもいいんですか？　沙耶さん」

「っ！」

そう言われると何も言えなくなってしまう。

だけど、これはあまりに急すぎないか。私は持っていたお盆をギュッと抱きしめる。

峰岸さんは私の返事を待つことなく、婚姻届の上にショップカードを置いた。

そのカードを、私は唖然としながら見つめる。

峰岸さんはどこか得意気な顔付きで、そのショップカードを私の目の前に差し出してきた。

「沙耶さんがオーナーとの交渉を望むだろうと思って、実はすでに席を整えてあります。オーナーも、私の妻が相手ならお会いしたいと言っていますよ」

「……」

「明日の夜、七時。こちらに迎えに来ます。婚姻届を提出してから、オーナーに会いに行きましょう」

私は呆然(ぼうぜん)としながら峰岸さんの話を聞き、婚姻届に視線を落とす。

本当に、この書類にサインをしなければならないのだろうか。

(いや、他に何か手があるかもしれない。考えろ、沙耶。きっと何か見つかるはず)

固まったまま返事をしない私に、痺(しび)れを切らしたのだろうか。

峰岸さんは苛立(いらだ)った様子で立ち上がり、私に近づいてきた。

そして私の反応を面白がるように、ゆっくりと距離を詰めてくる。

(怖い！　イヤだ！)

十日前、彼が私に無理矢理キスをしようと抱きついてきたことを思い出す。

あのときと同じ悪寒(おかん)が背筋を走り、身体が硬直してしまう。

助けを呼びたいのに、声が出てくれない。

小さく震えている私に、彼は手を伸ばしてきた。

あと数センチで彼の手が私に触れてしまう。私が怯(おび)えて動けずにいると、バタバタと足音が近づいてきた。

何事かと峰岸さんが動きを止めた瞬間、事務所に直が乗り込んで来た。

「沙耶！　大丈夫か!?」

きた。


「直！」

安堵と驚きで、思わず彼の名前を叫んでしまう。

厳しい表情の直だったが、泣き出しそうな私を見て、一変して柔らかい視線を向けてきた。

私は身体から力が抜けて、ただ直を見上げた。

ズカズカと私たちに近づいてきた彼は、テーブルに広げられた婚姻届を見る。

峰岸さんは慌てて隠そうとしたが、それを直は素早く奪い取った。

「無作法な男だな！　それを返せ！」

激高する峰岸さんに、直は冷たい視線を向けて口角を上げる。

その表情がゾッとするほど恐ろしく、彼から視線を逸らせない。

直はフンと鼻で笑うと、メガネのブリッジを上げながら抑揚のない声を出した。

「かなり焦っていますね、峰岸さん」

「っ！」

その台詞に、峰岸さんは身体をびくつかせた。

直は手にした婚姻届をヒラヒラ動かしたあと、ビリビリに破く。

そして、そのままゴミ箱に捨てた。

その様子を呆然と見つめていた峰岸さんだったが、ようやく我に返ると直に怒りをぶつける。

「何をするんだ！　君は、経営コンサルタント会社の人間だろう。沙耶さんのプライベートにまで首を突っ込む権利はないはずだ！」

一触即発の空気に、私は慌てて立ち上がろうとしたが、直に視線で止められた。

黙っていろ、ということだろう。私はその場で固唾を呑んで二人を見つめる。

怒り心頭の峰岸さんを、直は一笑した。

その表情は、心の底から峰岸さんを蔑んでいるように見える。それに感づいたらしい峰岸さんは、ますます怒りを露わにした。

彼の握っている拳が、プルプルと震えている。だが、煽った本人は冷静だ。

それどころかさらに怒りを煽るように、そしてあざ笑うように言う。

「沙耶が振り向かないのが、そんなに面白くないですか？」

「な、何を言っているんだ、君は！　私と沙耶さんは近々結婚することが決まっているんだ！」

顔を真っ赤にして叫ぶ峰岸さんに、直の右眉がピクリと動く。

「それは、アンタが沙耶を脅しているからだ」

「脅しなんてしていない！」

憤慨する峰岸さんに、直は憐れむような視線を向けた。

「融資ができるように銀行に働きかけるから、自分と結婚してほしい。そんな契約を持ちかけた時点で、脅(おど)しだからな」

「……っ」

押し黙る峰岸さんに、直はクツクツと笑って肩を震わせた。

「それに沙耶は、もうアンタと契約結婚なんてしなくてもよくなったはずだが？」

峰岸さんの肩が不自然にビクッと震えた。

どういう意味だろう。二人のやりとりを見つめていた私に、直は視線を向けてくる。

「沙耶。お前は旅館を守るため、融資を得るために、この男との結婚を承諾した。そうだな？」

「直？」

戸惑いながら直に顔を向けると、彼は私をまっすぐ見つめていた。

強いまなざしに一瞬目を見開いた私は、すぐに小さく頷(うなず)いた。

それを見て、峰岸さんは眉を顰(ひそ)め不快感を露(あら)わにする。だが、何か言いたげなのにもかかわらず、口は開かない。ただ、苦虫を噛み潰(つぶ)したかのように顔を歪(ゆが)めている。

そんな峰岸さんを一瞥(いちべつ)してから、直は私に向かって不敵な笑みを浮かべた。

「沙耶、明日もう一度、山高銀行の融資部に行ってこい。融資ＯＫになっているはずだから」

「え⁉」

それは本当だろうか。

目を白黒させていると、直はニッと口角を上げた。その得意満面の笑みは、彼のチャームポイントの一つだ。

その表情を見て、私は確信を抱く。

硬直していた頬をゆっくり緩めていく私を見て、直は目尻に皺を寄せた。

「今日、この男が所属する支店へ行って、現在の経営状況を提出してきた。この状況なら、融資は大丈夫だと言ってもらえたぞ」

「ほ、本当⁉」

思わず声が上擦る。興奮する私に、直は小さく笑って続ける。

「ああ。あちらも、うちの会社が旅館瀬野のコンサルティングをしているという情報を掴んでいたらしくてな。うちの名刺出したら、一発ＯＫが出た」

旅館瀬野への融資をずっと渋っていた銀行が、決定を覆してくれた。

それは、直がこの短期間に出した成果が認められた証拠だろう。

それに、直が所属している経営コンサルタント会社は、世界的にも有名な会社だ。

そこの社長自らが旅館瀬野の経営立て直しに名乗りを上げたと聞いて、山高銀行も考えを変えたのだろう。

とにかく、首の皮一枚で繋がったということだ。安堵しすぎた私は、ヘナヘナとソファーに深く沈み込んでしまう。

「よ、良かったぁぁ……！」

直は「本当にな」と肩を竦めたあと、峰岸さんを見ながら嫌みったらしく言う。

「この男に騙されたまま、未来を棒に振るところだったな。沙耶」

「お前!!」

峰岸さんは直の胸元を掴もうとしたが、それを直は冷たい視線で制止した。

それに怯えた峰岸さんの腕は、手を上げた状態のままプルプルと震えている。

彼は今や、直の怒りに完全に食われていた。

「そもそも、旅館瀬野を陥れていたのはアンタだって聞いたら、沙耶はどう思うんだろうな」

息を呑み、視線を逸らした峰岸さんに、私は呆然としてしまった。

先ほどまで怒りに震えていた峰岸さんが、今は顔を真っ青にさせている。

私は、震える唇で直に尋ねた。

「ねぇ、直。どういうことなの？」

「ああ。お前の兄さんに新たな商売を勧めたのも、価値のない骨董品を買わせたのも、すべてこの男の仕業だ。こいつが雇った男たちが、お前の兄さんをそそのかしていたという訳だ」

「うそ……！」

目を見開いて峰岸さんに向き直ると、彼は悔しそうに唇を噛みしめている。

そんな峰岸さんの様子こそが、直の言ったことがすべて本当だと証明していた。

ここ数年、旅館瀬野を苦しめてきた黒幕が今、私の目の前にいる。

そう思うと、心の奥底から怒りが込み上げてきた。

でも、どうしてうちのような弱小旅館を潰そうなんて思ったのだろうか。全く見当もつかない。

怒りと疑問で、頭の中が整理できない。

答えが欲しくて直を見つめるが、彼はジッと峰岸さんを睨んだままだ。

「沙耶を見初めたのは本当らしいが、やることがストーカーだな」

「ど、どういうこと……？」

直の口から物騒なワードが飛び出したことで、私の顔から血の気が引く。

未だに峰岸さんを睨みつけている直の横顔に、唖然としながらもう一度問いかけた。

「ねぇ、直。どういうこと？」

「この旅館が窮地に立たされれば、沙耶が実家に戻ってくる。そこで弱みにつけ込んで、自分のもとへ引き寄せようと考えたようだ。全く、自分勝手にもほどがある」

「そんなことって……」

戸惑いつつ峰岸さんを見ると、彼は明らかに狼狽えていた。

そんな彼に、直は容赦なく言い放つ。

「そうだよな、峰岸さん。旅館が窮地に立たされれば、必ず融資が必要になる。そのとき旅館に恩を売っておけば、沙耶が手に入る」

「……」

「しかし、浅はかだよな。アンタ」

「な、なんだと！」

「俺が現れず、このまま旅館瀬野の経営が悪化、融資がどうしても必要になって契約結婚をしたとする。だが、沙耶の心はアンタには向かない。絶対にな」

直は吐き捨てるように言った。冷たいその声と言葉に、峰岸さんは一瞬視線を落としたが、憤りのままに勢いよく顔を上げる。

ギリリと歯ぎしりが聞こえそうなほど顔を歪めて、直を睨み返した。

「うるさい、うるさい、うるさい!! じっくり時間をかけて沙耶さんを手に入れる過程を楽しんでいたのに。お前さえいなければ……今頃、沙耶さんは私のモノになっていたんだ！」

半狂乱になった峰岸さんとは対照的に、落ち着いた様子の直は彼に冷たい視線を向けている。

そこで私は、ふと疑問を抱いた。

峰岸さんは、私を自分のモノにするために、すべてを仕組んでいたという。

それならば、先ほど話していたリゾート計画の話も彼が仕組んだことなのだろうか。

もし、彼がうちの旅館を陥れるために嘘をついていたとしたら……許せない。

私は、怒りに震えながら峰岸さんに問う。

「先ほど峰岸さんが話していた、リゾート計画も嘘ってことですか？　地上げをしようとしているオーナーに明日会わせると言っていましたよね？　それも嘘だったんですか？」

視線を泳がせる峰岸さんを見れば、それは明らかだった。

私が峰岸さんに見初められてしまったせいで、旅館瀬野は窮地に立たされることになったのか。

愕然としていると、直はテーブルの上に何やら書類を広げ出した。

テーブルに広げられた数々の書類や写真を呆然と見つめる。

まさかという思いと、もしかしてという疑念が私を責め立て始め、これ以上見ていたくなくて、私はその写真から視線を逸らした。

テーブルの上には、私を遠くから見つめている峰岸さんの写真、ＩＰアドレスが羅列された資料などがあったからだ。

「嫌がらせも……峰岸さんの仕業だったの!?」

恐怖から、思わず声が上擦ってしまった。

不安に揺れる私を見て、直は辛そうに顔を歪める。

口籠る直をせかすように、私はジッと見つめた。

私の覚悟を受け取ったらしい彼は、小さく頷く。

直はテーブルを指でトントンと弾きながら、広げた書類を見ろと峰岸さんに促す。

「もうすぐで融資を餌に沙耶が手に入ると思っていたのに、俺の登場で暗雲が立ち込め始めた。そこで、違う角度から沙耶を脅すことにした」

俯いて震える峰岸さんに、直は迷惑そうに顔を歪める。

小さく息を吐き出して、再びトントンと書類を指で弾いた。

「これが証拠だ。旅館への無言電話、旅館ホームページへの不気味なメール。全部、この男の仕業だ」

しかし、愕然とした私を無視するように、峰岸さんは呟いた。

「何を言っているのか、さっぱりわからない」

峰岸さんは、テーブルに並べられた資料を見てシラをきるが、その声には力がない。

直は、うんざりした表情でため息をつく。

「この期に及んで、よくもまぁそんなことが言えるな。特に、沙耶に対してのストーカー行為。あれはアウトだぞ。すべて調べはついている。後日、弁護士がそちらへ向かうからそのつもりで」

「そんなことしたら、確実にこの旅館は潰れるぞ？　私は山高銀行頭取の息子だ。融資を打ち切ることなんて簡単にできる」

直の最後通告にも怯まず、峰岸さんは最後のあがきを見せる。

人間、開き直るとたちが悪い。

確実に追い詰められているのに、未だに挑発的な態度を改めるつもりがないらしい。

直は峰岸さんを憐れみの視線で見つめたあと、肩を竦めた。

「どうぞ、お好きなように。すでに違う銀行とも、融資の話がついています。山高銀行に頼らずとも経営は成り立ちますから、ご心配なく」

切り札をなくした峰岸さんは、絶体絶命だという表情をした。と、そんな彼のスマホが鳴り響く。

力ない様子で電話に出た彼の顔色は真っ青に変化した。

時折電話から漏れ聞こえてくる声からして、どうやら山高銀行頭取——峰岸さんの父親からのようである。

今回の件を知らなかったらしい彼は、息子のしでかしたことに激怒している様子だ。

父親という後ろ盾もなくした彼の今後は、茨の道になるだろう。

峰岸さんは何も言わずに力なく立ち上がると、そのまま事務所を出て行った。

静かになった事務所には、私と直だけが残された。

これで一件落着ということになるのだろうが、心がついていかない。

胸が鷲掴みにされたように、ギュッと痛む。

父が大切にしていた旅館瀬野。それが窮地に追い込まれた原因が、私だったなんて……

峰岸さんと初めて会ったのは、まだ東京で仕事をしていた頃。

まさか、その一回の出会いのせいで、旅館が廃業寸前まで追い込まれていたとは……

そんなの、想像したこともなかった。

峰岸さんと出会わなければ、私は直のプロポーズに応えてNYへ飛び立つこともできたのだろうか。

それもこれも、すべて峰岸さんと私が出会ってしまったから……

途方に暮れている私を、直は怒鳴りつけてきた。

「バカか、お前は！　なんで意地ばっかり張るんだ。もっと早く旅館への嫌がらせの件を知らせてくれていたら、峰岸に婚姻届なんて持ってこさせなかったのに。女将さんが教えてくれなかったら、取り返しがつかないことになっていたぞ！　バカ!!」

「バカバカ言わないでよ！　わかっているわよ、私はバカよ！　あの男の思惑にも気がつかず、契約結婚を決断した大バカよ」

当たり散らすように叫ぶと、直は私の顔をジッと見つめてきた。

その顔がとても傷ついているように見えて、胸がかきむしられる。

「どうして俺を頼らなかった？」

直の声は悲しみに満ちていた。

直に救いを求めれば、私を助けてくれただろう。そんなこと、言われなくたってわかっている。

でも、私はこの局面を一人でなんとかしたかった。

潰れかけた旅館の経営再生はできなくても、経営以外のことは私の手で収めたかったのだ。

それが、この旅館瀬野の若女将としての私のプライド。そして、これ以上直に迷惑をかけられないという思いだ。

そんなちっぽけなプライドのせいで、大変な事態に発展させてしまうところだったなんて。

直にNYへ一緒に来てほしいと言われたとき、旅館のことを相談していればこんなに大事にならずに済んだのかもしれない。

考えれば考えるほど、後悔していく。

ギュッと唇を噛みしめていると、直は私の頭にポンポンと優しく触れてきた。

「聞かなくても、沙耶の答えはわかっているけどな。皆に心配かけたくなかったから。俺に迷惑をかけたくなかったから。そうだろう？　若女将として自分の力でなんとかしたい――お前ならそう考えるはずだ。だけどな、その心意気は立派だが、そういう個人プレーは迷惑だ」

「っ！」

言葉が出なかった。彼から視線を逸らすと、頭上から柔らかい声が降ってくる。

「頼れよ、俺を」

「頼れる訳がないでしょう」

もう一度ギュッと唇を噛みしめる。そうしていないと、涙が零れ落ちてしまいそうだからだ。

直に気づかれたくなくて、私は自分の足元に視線を落とす。

「頼ったら、もう離れられなくなる。ずっと一緒にいたくなっちゃうでしょ？　それじゃあダメなの」

「何がダメだって言うんだ、沙耶。これで契約結婚の話は流れた。融資だって心配いらない。旅館経営だって、俺がなんとかしてみせる。現に、上向きになっているだろう。

あとは何を心配することがある？　俺の腕の中に飛び込めない理由を言え！」

直は腰を屈めて、私の顔を覗き込んできた。顔を背けると、直に顎を掴まれて正面に向けられる。

直の顔が間近に見え、私は慌てて視線を落とす。その拍子に、我慢していた涙が一粒零れ落ちてしまった。

なんとか止めようと目を擦るけれど、一度流れ始めた涙はなかなか止まらない。

直に見られたくないのに。お願いだから止まって。そんなふうに祈ることしかできなかった。

「ほら、沙耶。泣いていたってわからないだろう？」

「うっ……っ、だ、だって」

「だって？」

直が、優しく頬を撫でてきた。何度も触れ、彼の長い指が涙を拭き取ってくれる。

その指が優しくて、温かくて。私は顔をグシャグシャに歪めた。

「だって、私……自分で直の手を放したんだもの」

「沙耶」

「ついてこいって言ってくれたのに。私は直じゃなくて、旅館を取った。それなのに、また直の手を取っていい訳がないでしょ？　都合がよすぎるわ」

何度、この手に触れたいと思ったことだろう。

何度、抱きしめてもらいたいと願っただろうか。

だけど、私は直の手を放してしまった。それも逃げるようにして、彼の前から去ったのだ。

傷つけただけでなく、借金を抱えた旅館を背負う身で彼の傍にいては、迷惑がかかってしまう。

それだけは、絶対に避けたかった。

やっぱり、直の手を取ることはできない。

首を何度も横に振って直を拒絶すると、彼は私を力強く抱きしめてきた。

「や、やだ……直！　放して」

「放さない。もう二度と逃がさないって何度も言っただろう？」

「で、でも！」

「お前の言い分なんて聞いてやらない。俺がお前を欲しいと言っているんだ。いい加減聞き分けろよ、このバカが」

「バカって、言うなぁ……！」

ポコポコと彼の胸板を叩いたが、直はさらに力を込めて私を抱きしめる。

「来年の三月。旅館瀬野の決算だな？」

「え？」

突然何を言い出すのだろう。呆気に取られつつも、私は彼の腕の中で頷いた。

すると直は、満足そうに口を開く。

「今期決算まで、まだ時間がある。経営は、まだまだ上向きになる予定だ。三月の決算で、とりあえずの立て直しが終了することになる」

「……じゃあ、経営権は、そこで直のボスに譲渡されるのね」

来春にはもう、本当の意味での旅館瀬野ではなくなるということだ。

悲しいが、これも仕方のないこと。とにかく廃業に追い込まれなかっただけ良かったと思うべきだ。

覚悟を決めていると、直は私を解放した。

顔を見上げると、彼は不敵にほほ笑んでいる。そして、とんでもないことを言い放った。

「俺が、旅館の取締役に就任する。結婚祝いとして、この旅館をもらう予定だから」

「は……？」

意味がわからない。直は何を言っているのだろう。

たかが一社員である直に経営権が譲渡される？　それも結婚祝いとは、一体どういう意味なのだろう。

首を傾げると、直は楽しげに口角を上げた。

「一応、俺が取締役だけど、今まで通りの対応で構わないから。沙耶が若女将として頑張ってくれれば」

「ま、待って、直。全然意味がわからないんだけど」

混乱に喘いでいると、直は悪戯が成功したように満面の笑みを浮かべる。

そして、これまでの経緯を順を追って説明してくれた。

直を引き抜いたという『プロジェクトリソース』は、彼の叔父が社長を務める企業なのだという。

子供のいない叔父は、ゆくゆくは甥である直に会社を継いでもらいたいと考えたらしい。

直としても、小さい頃からお世話になっていた叔父の力になりたいということで勤めていた会社を退職し、プロジェクトリソースへ入社することを決断した。

NYへ行っていた一年、直は約束通り、一切私に連絡をしなかったという。

私の声を聞いたら、日本へ戻りたくなってしまう。そう思った直は、とにかく一年間である程度の力を付けようと躍起になったらしい。

死に物狂いで勉強をして日本支社立ち上げのメンバーに選ばれた直は、今年の三月、私との再会に心躍らせて日本へ戻ってきた。

だが、私の住んでいたアパートはもぬけの殻、スマホに連絡しても繋がらない。

そのことにショックを受けた直は、古巣の会社に乗り込んで、部長から私の居場所を聞き出したという。

そこで、私の実家である旅館瀬野が窮地に陥っていることを知り、慌ててＮＹに帰った直は、社長である叔父に懇願した。

なんとしても守りたい女がいる。彼女と結婚するために、彼女の実家である旅館を立て直させてくれと。

感激屋な性格に加えて甥っ子を溺愛している叔父は、直のお願いを二つ返事で了承した。

その後、再び日本の地を踏んだ直は、まず私の母である女将にすべての事情を話したそうだ。

もちろん、兄にも話してあったという。……知らなかったのは、私だけだったのだ。

それから女将と連絡を取りながら少しずつ経営立て直しの土台を作り、ようやくめどが立った今年の九月、私と再会という運びになったようだ。

「ということで、この旅館瀬野は来春より俺が丸ごと頂くことになる。女将さんもお前の兄さんも、もちろん了承済みだから」

「じゃ、じゃあ。プロジェクトリソースの社長……直の叔父さんがうちの旅館を気に入っているから立て直して来いって言ってたって話は？」

「あれも作戦のうち。何か理由をつけなければ、お前は納得しないだろう？」

唖然とする私の顔を覗き込み、直はしたり顔をした。

「旅館丸ごともらうということは、お前ももらうってことだぞ？　わかっているか？」

「何を、言って」

「お前は、旅館瀬野の若女将。旅館になくてはならない存在だろう？　いわば旅館の一部だ。だから、旅館も沙耶も俺のモノってことだ」

「なんて屁理屈を……」

私は思わず噴き出してしまう。

そうだった。志波直という男は諦めが悪く、強引だし、俺様だし……だけど、私のことを一番に考えてくれる男だった。

クスクスと笑いが止まらなくなった私を、彼は優しげな目で見つめてくる。

だがそこで、急に顔を曇らせた。

「それにしてもなぁ。根回し、本当に大変だったんだぞ？　女将さんには最初、門前払いされたし」

「そ、そうなの？」

あのお気楽な母が、直の話に耳を貸さなかったなんて驚きだ。

驚いて口を開く私を見て、直は小さく息をついた。

「何度も女将さんのところに通って、ようやく話を聞いてもらえるようになったはいいけど、承諾してもらえるまでにもかなり時間がかかった。早く沙耶に会いたかったのに、下準備だけで半年だぞ？　半年」

「あれ？　でも、つい最近文恵とタッグを組んで部長から聞き出したんじゃないの？」

「いや。聞き出したのは三月だ。秋野には、こちらの事情を話して沙耶に連絡するのを待ってもらっていた。まさか女将さんの説得や準備で半年もかかるとは思っていなかったけどな」

相当苦労したのだろうか。そのときのことを思い出したらしい直は顔を歪(ゆが)めた。

「それに、条件も付け加えられたんだ」

「条件？　経営再生のことで？」

「いや、沙耶のことで」

「私のこと？」

どういうことだろうと首を傾(かし)げると、直は苦笑を浮かべる。

「契約通り、経営立て直しができたら旅館の経営権は渡す。だけど、沙耶だけは別。沙耶の気持ちを尊重して、きちんと振り向かせなかったら、娘は渡さないって釘を刺された」

「お母さんが……？」

胸の奥がじんわりと温かくなる。母の真意を知って泣きたくなった。

父が大事にしていた旅館を経営コンサルタント会社に譲り渡すと言い出したときは、何を血迷ったのかと反発した。

だが、その決断をするまでに、母はとても悩み苦しんでいたのだ。

同時に、私の未来についてもきちんと考えてくれていた。

いつも楽観主義で頼りないと思っていたのに、そうではなかったのだ。そのことが、とても嬉しかった。

母は女将として、一人で闘っていた。

大事な家族、従業員、そして旅館。それらを生かすための大きな決断をたった一人で行ったのだ。

鼻を啜る私の顔を、直が覗き込んでくる。

「ここの若女将は、本当に皆に愛されていてさ。俺が沙耶に近づこうとすると、皆して目くじらたてるんだよな。従業員だけじゃないぞ？　商店街の人からも牽制されたし」

「そ、そうなの？」

二度、三度と瞬きをする私を見て、直はフゥと息をつく。

「そうなの。俺がそんな苦境でも頑張ったのは、旅館瀬野の若女将が欲しくて欲しくて堪らなかったから」

「え？」

「だから言っただろう？　白無垢を用意しておくって」

「直……」

「ほら、いいかげん意地張っていないで、俺に手を伸ばせ。俺はいつでも、お前の手が届く場所にいるんだよ。お前が一方的に俺に別れを告げてきたあの日からも、ずっとな」

目尻に残った涙に、直はチュッと唇を寄せてきた。

ほんのりと目元が熱くなるのを自覚して、私は再び泣き顔を直に晒す。

「バカ。本当にバカなんだから」

「バカにバカと言われるのは心外だな。好きだって言えよ、ほら」

チョンチョンと私の頬を突いてくる。それに抵抗しながら、私はそっぽを向いた。

「言わない」

「本当に強情な女だな」

自分でも強情でバカだと思う。こんな女、本当にどこがいいんだろう。

私は涙でぐちゃぐちゃの顔で、直を見上げた。

「私みたいな面倒くさい女、どこがいいのよ。潰れかけた老舗旅館っていう、とんでもない不良債権まで付いてるのに」

「立て直すから、不良債権にはならない。それに面倒くさい女が好きなんだよ、俺は」

「物好きなんだから」

「そんなこと、前から知ってただろう？」

知ってる。知っているよ、直。

コクコクと何度も頷いたあと、私は自分の正直な気持ちを告げることにした。

「直、私……」

だが、勇気を出して告白しようとしたのに、直の手が口を塞いでしまう。

目を丸くする私を見て、直の表情は艶を増した。

「その続きは、お互い裸になったときに聞いてやる」

そのまま私は手首を掴まれ、旅館を出て車に乗せられる。

着いた先は、直が借りているというウィークリーマンションだった。

無言のまま部屋まで連れて行かれ、室内に足を踏み込んだ瞬間、抱きしめられる。

「ま、待って……！　私、皆に何も言わずに出てきちゃった」

夢見心地でここまでやってきてしまったが、直の熱を感じてようやく目が覚めた。

何も言わずに出てきたから、女将たちが心配しているだろう。

それに、明日も仕事があるのだから、早く帰らなければならないのに。

慌てる私の耳元で、直はクスクスと軽やかに笑う。

「大丈夫。女将さんには、前もって沙耶を一晩預かるって言っておいたから」

「え？」

「どうしてあのタイミングで事務所に乗り込めたと思っているんだ？　女将さんが電話で知らせてくれたからだぞ」

「そ、そうなの？」

「ああ。峰岸が怪しいと前々から思っていたのは俺だけじゃない。女将さんもだったんだ」

「女将が？」

まさかと目を瞬かせると、直は大きく頷いた。

「女将さんもお前の様子がおかしいと思って、色々と探りを入れてくれていたんだ。そこで悪質なメールが来ていること、無言電話が続いていることが判明した」

間に合ってよかった、と安堵のため息とともに直は呟いた。

「峰岸が最後にとんでもないことを仕掛けてくるかもしれないと危惧していたが……調べるのに時間がかかってさ。でも、とにかく間に合って良かった」

「……ありがとう、直」

「ん？」

「私のこと、助けてくれて」

モジモジと指を弄りながら呟くと、私は直に荷物のように抱き上げられた。

「わっ！　ちょ、ちょっと。直？」

「ったく、お前は俺を殺す気か？」

「は？」

「お前のギャップに、俺がどれだけやられているか。身をもって知るがいい」

直に抱きかかえられて来た先は、脱衣所だった。

下ろしてくれたのはいいのだが、そこで直はすぐさま帯に手をかける。

「ま、待って！　直」

「これ以上待てだと？　沙耶はどれだけ俺を待たせるつもりだ？」

帯締めを取って帯揚げに手をかけながら、直は不満を隠さない。

「それに、自分の妻に手を出して何が悪い？」

その子供っぽい言い方に、ついに私は噴き出してしまった。それがまた、彼の癇に障ったようだ。

だが、直の瞳は私を欲しいと訴えかけている。

我慢できないとばかりに帯を解き、着物を脱がしていく。

焦っているようにも見えて、私は直の手を取った。

「沙耶？」

「私が、やるよ」

私のことを身体中で欲しいと示してくれる直に応えたかった。

恥ずかしさが込み上げてくるが、私だって早く素肌で直を感じたい。

腰紐の結びを取ろうとすると、直にそれを止められた。

「いい。俺がやる。若女将として働いている沙耶を見たときから、俺の手で着物を脱がしたくて仕方がなかった」

腰紐をシュルリと取り外しながら、直は私の項に唇を寄せた。

「っああ、やぁ……」

ペロリと舌で舐め上げられ、身体が甘美な快感に震える。

「一応、研究したんだぞ」

「け、研究って？」

「ん？　着物の脱がし方。インターネットで検索しながら、何度も沙耶の裸を想像した」

「へ、変態っ！」

思わず身を捩るが、直の手は止まらない。肌襦袢だけになった私の身体に手を這わせながら、私から着物を剥ぎ取る行程を楽しんでいるようだ。

「変態で結構。俺が、どれほど沙耶を欲しかったか。今から思い知らせてやる」

「あ……」

肌襦袢(はだじゅばん)を脱がされ、和装下着も脱がされた。裸になった私を、直は舐(な)めるように眺めている。

「っや……恥ずかしい」

「何を今更。俺は沙耶が感じるところも、よがって俺に縋(すが)る場所も知っている」

直はジャケットを脱ぎ捨て、ネクタイを外す。それを床に落としたあと、ワイシャツのボタンに指をかけた。

露(あら)わになっていく彼の素肌に、私はふいと視線を逸(そ)らす。

私の行動を見て、直は「沙耶は可愛いな」とほほ笑んだ。

「沙耶は一見、あっさりクールに見えて、実は内面でウジウジ悩んで溜め込むことが多いよな」

「うっ……」

家族や友人たちも、声を揃(そろ)えてそう言う。何でもそつなくこなすように見えるのに、意外に不器用だ、と。

直と別れてから今日まで、常にウジウジ悩んでいたことは隠しようもない事実だ。

自分でもその辺りのことは認識しているが、面と向かって指摘されると面白くない。

むくれる私の鼻に、直はチュッと音を立ててキスをした。

その拍子にポッと顔を赤らめると、「こういうところだ」と直は嬉しそうに目尻を下げる。

「クール美人なのに、ふとしたときに可愛くなる。このギャップに、あの男もやられたんだろうな」

「え？」

目を何度も瞬かせていると、直は面白くなさそうに言葉を吐き出した。

「あー、思い出すだけでも腹が立つ！　沙耶は俺のだ」

「直」

「もう、誰にも渡さないから」

裸になった直に、手を差し出された。

ゆっくりと、それでも躊躇することなく、私は彼の手を取る。

手を引かれてバスルームへ入ると、直はすぐさまシャワーのコックを開いた。

二人に熱い雫が降りかかり、そのまま自然にお互いがお互いを求め始める。

手を伸ばしたのは、どちらが先か。ギュッと抱きしめ、体温が混じり合う。

「言ってみろ」

「え？」

何のことかわからず声を上げると、直は甘やかな低い声で囁いた。

「旅館で言おうとしていた、言葉を」

「あ……」

「その先は、お互い裸になったとき聞いてやるって言っただろう？」

直は私を腕の中から解放するや、壁に私の背を押しつけた。

私に覆い被さるように両手をトンと壁に付けると、顔を覗き込んでくる。

私を見つめる彼の視線は、淫らな気持ちを隠そうともしていない。

熱っぽくギラギラとした目に、私は誘われるように口を開いていた。

「……好き。好きよ、直」

「沙耶」

「ずっとずっと好きだった。本当はあのとき、NYについていきたかった！」

視界が、ジワリと滲んでいく。直の送別会をした夜を思い出し、あのときの切なさが押し寄せてくる。

「あの夜から、ずっと……胸が痛くて、苦しくて。だけど、旅館と家族を見捨てられなくて」

ギュッと唇を噛みしめると、直は真摯な眼差しで私を見つめた。

ソッと私の頬を撫でながら、直は辛そうな表情を浮かべる。

「辛かったのは、沙耶だけじゃない。俺もだ」

「直？」

「理由も言わず逃げられて……俺が辛くないとでも思ったか？」

「っ」

「頼りにならない男だと、信用できない男だと思ったか？」

「そ、そんなこと！」

首を何度も横に振る。彼をそんなふうに思ったことなんて、一度もない。

「直に迷惑はかけられないと思ったの。だって、うちの旅館は借金まみれだったし、直に泣きついたら……直は助けようとしてくれる。それは絶対にさせられないと思ったの！　だから、直が信用できないなんて思ってない。思ったことなんて一度もないから！」

必死に説明する私の顎を、直の指が捕らえた。

より近づく距離に、私の胸はドクンと大きく高鳴る。

「俺に悪いって思っているか？」

「思ってる！　思っているよ。ごめんなさっ……」

謝ろうとしたが、掴まれていた顎をクイッと上向きにされて、口が閉じてしまう。

目を丸くする私に、直は不敵にほほ笑んだ。

「悪いって思っているのなら、話は早い」

「え？」

「旅館瀬野の次期オーナーとして言う。その身も心も全部……俺に捧げろ」

「直？」

「詫びの言葉なんていらない。俺はただ、沙耶が欲しいだけだ」

直の顔が近づいてきて、そのままかじり付くように唇を食まれた。

気持ちがよくて、自然と口が開いてしまう。そこに、直の舌が入り込んできた。

熱く情熱的な直の舌は、私の舌を見つけた途端絡みついてくる。

クチュクチュと唾液の音を立てながら、激しすぎるキスをされて身体が喜びに震えた。

顎を掴んでいた手が離れ、私の両手首を纏めて頭上に上げると壁に押しつける。

身動きが取れない上に、裸体を晒す形になって、恥ずかしさに身体中が火照ってしまう。

直の唇が離れると、銀色の糸が一筋伸びてプツリと切れた。

呼吸を整えようと必死になっていると、直の唇は首筋にかじり付いてチロチロと舌で舐め上げてきた。

舌で愛撫され、そのままキツく吸い上げられる。

「っやぁ……痕、つけちゃ……ダメ！」

「聞こえない」

「直！」

抗議をしても、直は赤い痕を付けることをやめようとはしない。

唇は首筋を何度も吸い上げ、チクリと甘い痛みを残していく。

「ダメ、ダメってば……!! 着物着たときに、見えちゃう」

身体を捩るが、頭上で両手首を掴まれているため、逃げることができない。

直を睨みつけて止めようとするが、彼は不遜な態度で私を見下ろす。

「口応えは許さない。今日は、俺を癒すことだけを考えろよ」

「すな、お……？」

「もう、お前のことを我慢したくない。どうしてくれるんだ、沙耶。俺をこんなにダメな男にして」

「ダメな……、男？」

直には一番似つかわしくない言葉に思えたから聞き返したのに、彼は困ったように眉尻を下げる。

「沙耶がいれば、何もいらない。誰が困ろうが、不幸になろうが、構わない。そんなふうに思うようになってしまった」

「っ！」

「沙耶のオヤジさんが亡くなって、お前が悲しみを押し隠して泣いたあの日から……俺はもう、沙耶のことしか考えられなくなった」

「直……」

「なぁ、沙耶」

私の手首を解放すると、直は私の肩に顔を埋める。

縋るような彼の態度に、私の胸はキュンと切なく鳴いた。

「逃げられなくしてもいいか？」

「え？」

「子供を作りたい」

「っ!!」

首を勢いよく横に向け、私の肩に顔を埋めている直を凝視する。

何も言えずにいると、ゆっくりと直が顔を上げた。

彼の視線が真剣すぎて、私は慌ててしまう。まさかそんなことを言われるなんて、思ってもいなかったのだ。

「えっと、その……直？」

確かに、直は以前『白無垢を用意しておく』と言っていたが、そんな未来は来ないと確信していた私は、サラリと流してしまっていた。

それなのに、いきなり子作りしたいと言われても、動揺してしまうに決まっている。

視線を泳がせる私に、直は不服そうに眉間に皺を寄せた。

「文句があるのか？」

「も、も、文句というか……。えっと、じゃあ白無垢はどうするの？　用意してくれているって言っていなかった？」

少し冷静になってほしくて白無垢の話題を出したが、彼は真剣な眼差しのまま言う。

「子を宿していても着ることはできるし、子供を産んだあとに式を挙げてもいい」

まだ言いたいことがあるのか、と私の顔を見つめて無言で訴えてくる彼。

いつも自信に満ち溢れている彼なのに、今はどこか弱気になっている気がする。

そんな彼が可愛くて、私は胸に押しつけるように直の頭を掻き抱いた。

「いいよ。直との子供、私も欲しい」

息を呑む音が聞こえた。勢いよく顔を上げた彼は、目を大きく見開いている。

直がそんなふうに驚く顔なんて、今までに見たことがないかもしれない。

そんな彼がますます可愛く思えて、私は目尻を下げた。

「私だって、直から離れたくないもの。直と家族になりたい」

彼の目を見ながら自分の気持ちを正直に話すと、彼は一瞬泣きそうな顔をしたあと、
苦しいほどに強く私を抱きしめてきた。

「ったく、本当に俺をおかしくさせる気か」

シャワーの音でかき消されてしまって聞こえにくかったが、確かに直はそう呟いた。

直はシャワーを止めて、バスタオルに手を伸ばす。そうして私の身体を拭くと、自身も乱雑に身体を拭いた。

バスタオルを放り投げ、強引に私を抱き上げる。

急だったので小さく叫んでしまったが、直は私の悲鳴に臆することなく、切羽詰まった様子でベッドまでスタスタと歩いて行く。

私を下ろすと、すぐさま覆い被さって、耳に小さくキスを落としてきた。

「沙耶……、沙耶」

熱に浮かされたように、何度も私の名前を呼んでは身体中に唇を這わせていく。

同時に、私の肩を羽のように優しく触ったあと、彼の大きな手が胸に触れた。

形が変わるほど揉まれていると、こちらも胸まで到達した唇が、すでに自身を主張している頂を吸い上げる。

チュッとキツく吸い上げ、直は一度顔を上げた。そして、真っ赤な舌をチラッと見せる。

私の顔を見ながら胸を手で掴み、揺すりながら舌を押しつけてくる。

ゾクリと腰が震え、私は快感を逃すようにシーツをグッと蹴った。

「は、あぁ……ん」

「沙耶の甘えた声、好きだ。もっと聞かせろよ」

直は再び頂をキツく吸い上げると、舌を使って転がしていく。それも、視線は私の目を捕らえたままだ。

情熱的な彼の視線に囚われ、恥ずかしいのに顔を逸らせない。

私はただ、直に導かれるまま甘い声を出すだけだ。

直は余裕がなさそうに、胸の柔らかい場所に何度も赤い痕を付けていく。

彼の独占欲を感じる度に甘ったるい声を出しながら、私の呼吸はどんどん乱れていく。

涙目で彼の姿を追うと、彼の顔が下へ下へと移動しているのがわかった。

臍を舌でペロリと舐めたあとに到達したのは、淡い茂みだ。

熱に浮かされた私は、直の行動をボーッと見つめることしかできなかったが、彼の舌が茂みをかき分けて秘芽に辿り着いた瞬間、我に返る。

慌てて彼の頭を抱きしめるが、直の行動の方が早かった。

両膝裏をガッシリと掴まれ、大きく脚を広げられてしまったのだ。

「っやぁああ!!」

直の舌は、すでに蕩けた蜜をすくい上げていた。

何度も蜜を掻き出され、その度に私の腰は淫らに震えてしまう。

先ほどの胸と同様、秘芽(ひめ)を厭(いや)らしく舐(な)めながらも、彼の視線は私へと向いている。

その視線の熱さに、身を焦(こ)がされてしまいそうだ。

身体中が淫靡(いんび)な熱に侵(おか)され、ただただ甘ったるい啼(な)き声を出すばかり。

その間にも、直の手は腰を辿(たど)ってお尻を弄(もてあそ)び始めた。

しばらくして、その割れ目に指が添えられる。

慌てて止めたが、彼の指は淫(みだ)らで意地悪だ。

私の反応を楽しむように、蜜が滴(したた)る場所へとツーッと指を動かしてくる。

その度に、私の身体はこれから起きるであろう快感を予想して身震いした。

蜜が零(こぼ)れ落ちる場所へと指が到達した瞬間、プチュンという音とともに蜜穴に彼の指が入り込んでくる。

思わず声を上げた私を見て小さく笑うと、直はもう一本指を増やして、私のイイところを確実に探り当ててきた。

「ああ……ダメ、ダメなの！」

秘芽(ひめ)を可愛がっていた舌を一度止め、直は顔を上げて私に優しい笑みを浮かべる。

「ダメじゃない。こんなに気持ちよさそうなのに……」

「っやぁ」

直は、私の中に入っていた指を出し入れし始めた。

あまりの快感に唇を噛み、枕に頬を押しつけて耐える。

「ほら、もっと声出せよ。沙耶の声、好きなんだ」

「ダメ！　そ、そんなにしちゃ……!!」

再び直の舌は秘芽を何度も舐め上げ、指は蜜穴を出入りする。

その度に卑猥な音が聞こえてきて、ますます腰に切ない甘さが浸透してしまう。

「も、もうっ……むりぃ」

ビクンッと全身が震え、私はそのままシーツに身体を投げ出した。

久しぶりの快楽に、私の身体は酷く敏感になってしまっている。

それなのに、直の手と唇は容赦ない。

再び蕾を唇で食み、指を三本も蜜穴に入れて気持ちがいい場所を刺激していく。

先ほど発散したはずの熱が、また襲いかかってくる。

唇でチュッと蕾を吸い上げ、指はバラバラとあらゆるところに触れてくる。

シーツを足で蹴ったところで、この快楽は逃げてはくれない。

この熱を鎮めることができるのは、ただ一人。今、私を愛撫している直だけだ。

「はぁっ……んん、もぉ……ああ！」

自分でも、もう何を言っているのかわからない。ただ、意味のない甘ったるい喘ぎ声だけが部屋に響く。

ペロペロと何かを舐める音が聞こえた。ふと視線を下へと向けると、直が厭らしい顔をして蕾を舐めているところだった。

私の視線に気がついたのだろう。上目遣いで私を見つめてきた。

獰猛な獣のようにギラギラとした目をした彼は、とても厭らしくてセクシーだ。

ドクンと胸の鼓動が一際大きな音を立てた瞬間、グリッと蕾を舌で潰された。

「んんっ……‼」

ピンッと足先が突っぱり、身体が反る。そうすることで、溜まっていた熱を発散させようとした。

続けざまの快感に、私の目は潤みっぱなしだ。

もう、これ以上は無理。そんな気持ちを込めて直を見た瞬間、息が止まるかと思った。

彼の表情には、淫欲が満ちていたのだ。

ゾクリと背筋が甘く疼くほどの淫乱さに、私は呆然と彼を見つめる。

グッと私の身体を開き、直はそこに入り込もうとしてきた。

二度も達したせいか、少し触れられただけでも、敏感に反応してしまう。

太ももに触れられ、私は小さく身体を震わせた。

今はもう、無理だ。少しだけ時間がほしい。そう願いつつ、首を横に振る。

「ま、待って。今は」

「待てないっ！」

「……っあああ!!」

私の制止を無視して、直は蜜穴の入り口に硬くいきり立つ彼自身をあてがった。

そのまま身体を押すようにして、直は腰を沈めていく。

ズンと最奥を刺激され、私は快楽の涙を零した。

気持ちよさに、私の腰は淫らに揺れてしまう。それが恥ずかしくて直にチラリと視線を向けると、彼も眉間に皺を寄せて快楽に耐えているようだ。

その表情が言い様もないほど蠱惑的で、私の胸が高鳴っていく。

「直……？」

「ヤバイ。気持ちいい……久しぶりの沙耶、気持ちよすぎる」

「っ！」

頬をカッと熱くした私を見て、直は唇を尖らせつつ恨み節を言い始めた。

「会えない間にお前の裸、何度想像していたと思っているんだ」

「し、し、知らない！」

首を横に振ると、直はさらにムッとした表情になる。

そこでググッと腰を押して、身体を揺すられる。声を上げて啼く私を見て、直はフッと楽しげに笑うと、再び腰を揺らした。

その振動が気持ちよすぎて、私はまた甘く啼いてしまう。

「この一年半。俺がどれだけ沙耶不足で、お前を欲していたのか。今夜はしっかりと教えてやるから」

「えっ⁉」

「覚悟しておけよ、若女将」

腰を大きくスライドさせ、彼の指は敏感になっている秘芽を弄る。

異なる刺激を与え続けられれば、私の身体はもう直の言うことしか聞かなくなってしまう。

パンパンに膨れ上がっている彼自身を包み込むように、何度も何度もキュンと切なくナカが収縮した。

腰を動かす速度がだんだんと速まり、厭らしい蜜音と直の切なそうな呼吸の音が聞こえる。

彼の額には汗が滲んでいて、眉をキュッと顰めている様子がとてもセクシーだ。

そんな姿を見ただけで、私の身体は彼のすべてが欲しいとまた締めつける。

「あ……っ、や……‼」

「沙耶……‼」

あまりの気持ちよさに、気づけば私は自ら腰を動かしていた。

恥ずかしいなんて感情は今やどこかへ消え去り、大好きな人と一緒に溶け合う瞬間を心待ちにしている。

直は私に身体を密着させ、より深い場所を刺激してきた。

彼の恥骨(ちこつ)が、私の秘芽(ひめ)を掠(かす)って気持ちがいい。本能の赴(おもむ)くままに、私は彼の身体にそこを擦(こす)りつけた。

視界がぼやけて、次第に何も考えられなくなる。

彼の動きに翻弄(ほんろう)されて愛されたい。ただ、それだけだ。

直の荒っぽい息づかいを聞く度に、胸がキュンと切なく愛(いと)おしく疼(うず)く。

もっと、この時間が続けばいいのに。もっと、溶け合えればいいのに。

ギュッと彼を抱きしめると、より強い力で抱きしめ返してくれる。

愛し、愛される。それが、どんなに大切で尊いことなのか。

わかっているようで、わかっていなかったのかもしれない。

どんなことにも、『絶対』はない。

この一瞬一瞬が奇跡のたまものなら……。どんなときでも大切にしたいと思う。

直のことを、もう諦めはしない。私は、この手をずっと放さない。

「……っと」

「え？」

「もっと、直とくっつきたい」

「沙耶？」

「ヤダ。離れちゃヤダ。もっともっと、直とくっつきたい」

「っ！」

「もっと、愛して……直」

目に涙が溢れ、瞬きする度に雫が頬を伝っていく。

これまでの切なさと、直に愛されている幸せな気持ち。そして、彼の手によって女にされていく快感で、涙が止まらなくなってしまう。

「気持ちい……い。もっと、して」

泣きながら縋りつく私に、直は一度息を呑んだ。腰の動きを止め、体勢を起こす。

「沙耶の望み通り――もっとしてやる」

「っ！」

「もっともっと愛してやる。だから、離れるな」

「直……」

「二度と、放さない！」

腕を掴まれてグッと引っ張られ、私は直の太ももの上に対面で乗せられる。

もちろん、繋がったままの状態だ。

「っやぁ……深い」

「より俺を感じられるだろう？」

ズンズンと突き上げられ、私の身体は上下に動く。

それと同時に胸も揺れ動き、その度に頂が直の胸に擦れた。

あらゆるところからの攻めに、私の頭の中は真っ白に染まっていく。

猛々しく穿たれ、私はただその快楽に身を任せた。

だんだんと早くなる直の腰の動きに、私はただしがみつくだけしかできない。

「っふ……！　沙耶!!」

ついにグッと最奥を刺激されて、私の視界に星が散った。

「……っ、あ、あぁぁあ!!」

背を反らしてピンッと足を伸ばしたあと、私は力が抜けて直にもたれかかる。

その瞬間、私のナカにいる直が一、二度震えた感覚がした。

直は、そのまま私をベッドに押し倒して体重を預けてくる。重いけれど、幸せな重みだ。

じんわりと彼の汗を感じ、また愛おしさが募っていく。

「……幸せだ」

そう呟く彼の言葉には実感が籠っているようで、私は彼をどれだけ苦しめてきたのかと胸が痛んだ。

ごめんね——そんな気持ちを込めて、彼をギュッと抱きしめる。

「大丈夫だ、沙耶。今、お前は俺の腕の中にいる。それで全部チャラにしてやるよ」

「直」

「寛大な心を持った彼氏で良かったな。ありがたいと思えよ」

「うん」

私の気持ちが伝わったのだろうか。彼は、昔からなんでもお見通しだ。

クスクスと笑いながらそんなふうに言われては、感謝してもしきれない。

直を好きになってよかった。彼が、私を諦めずにいてくれてよかった。

泣き笑いしながら直を見つめると、彼がゆっくりと腰を引く。

体温が直接感じられなくなって寂しいな、などと思っていたのだが、次の瞬間、私は目を見開いた。

「直、それ……」

「ああ」

私が見ているモノに気がついたのだろう。直は悪戯っぽく笑った。

彼の手にあるのは、使用済みのコンドーム。

いつの間に着けたんだろう。いや、その前に、先ほど子供を作りたいと言っていたのに、どうしてゴムを着けたのだろうか。

　私の疑問に気づいているのだろう。直は後処理を済ませ、私の横に寝転がった。

「子供を作るのは、またのお楽しみだな」

「……どうして？」

　私も承諾したのだから、避妊をする必要はない。それなのに、どうして直前で考えが変わったのだろう。

　少しだけ寂しい気持ちになっていると、直は私の唇にキスを落として笑った。

「俺、沙耶と付き合いだした頃からの夢があることを思い出したんだ」

「夢？」

　そんな頃からの夢となれば、長年抱えていることになる。

　どんな内容なのか、ドキドキしながら聞いていたのだが……聞き終えた私は、直の肩をパシンと音を立てて叩いた。

「沙耶、痛いぞ」

「優しく叩いたから痛くない！　っていうか、その夢ってどうなのよ。聞かされても全然嬉しくないんですけど」

　私が唇を尖らせていると、直は至極真面目な表情で力説を始めた。

「何を言う。男のロマンだ」

「ロマン……」

「そうだ。真っ白な衣装に身を包んだ花嫁を、ゆっくり脱がしていきたい。男なら一度は考えるはずだ」

「……直だけじゃないの？」

ジロッと疑いの眼差しを向けるが、彼は気にも留めない。

「脱がせたあとは、抱き潰したくなるからな。そんなこと、身重の身体じゃ大変だろう？　かといって子供を産んでから式をするんじゃ、夢の実現まで時間がかかりすぎる。俺は、もう待てないんだ」

「直!!」

気遣いの仕方が間違っている。

怒る私の頬に、直はご機嫌を取るようにキスをした。

「やっと捕まえたんだ。もう少し、沙耶を独り占めしたい」

「もう！」

「産まれてくる子供が男だったら、俺は確実に嫉妬する。だからその前に、たっぷり沙耶を堪能させろよ？」

再び自身にゴムを着けると、直は私に覆い被さってきたのだった。

＊＊＊

「若女将、よくぞこの短期間で経営を立て直しましたね！」

「まぁ……えっと、はい」

今は五月中旬。我が旅館の顧問会計士の先生が決算処理を終え、その資料を持ってきてくれた。

これまでは見るのも勇気がいるほど荒れに荒れまくっていた決算書類だったが、今回の決算では経営が上向きになっているのがわかる。

それもこれも、直が一から見直してくれたおかげだ。

チラリと隣を見ると、彼が人の良さそうな笑みを浮かべて座っている。

だが、会計士の先生の前にもかかわらず、私の手を握りっぱなしだ。これは勘弁してもらいたい。

ソッと離れようとしても許してもらえず、視線で『放して！』と訴えるのだが、『イヤだ！』と直は突っぱねてくる。

理由は簡単だ。目の前にいる会計士の先生が男性だからである。

でも、先生は奥様もお子さんもいる身。ついでに言えば、もうすぐ六十代という年齢だ。

それなのに、直は私に話しかけてくる男性をすべて敵と見なしている様子。

恥ずかしいからやめてほしいのに、直は一向に改める気配がない。

そんな私たちを見て、会計士の先生はほほ笑ましそうに口元を緩めた。

「そういえば、お二人は今度ご結婚されるんですよね。おめでとうございます」

「えっと、ありがとうございます」

私の左薬指には、直から貰ったエンゲージリングがキラリと光っている。

それを貰ったのは決算月が終わり、先生に処理をしてもらったあとだった。

『まだ書類は出来上がっていませんが、経営は確実によくなっています』

そんな電話が来てすぐに、直から改めてプロポーズされたのだ。

経営立て直しが完了したため、旅館瀬野の経営権はプロジェクトリソースに移行し、直が経営者となった。

だが、直は顧問という立場で指導するに止まっている。旅館は今まで通りの人事で動いてくれと彼から言われ、『俺のモノは、妻である沙耶のモノ』という主張のもと、従業員も、経営陣である女将、番頭の兄、私の三人の役職もそのままで運営していくことが決まっているのだ。

『ほーんと、志波さんは私たちの救世主ね。旅館を救ってくれただけじゃなく、頑固で婚期を逃しそうな沙耶ちゃんも貰ってくれるんだもの』

とは、女将談だ。

その救世主である直は、プロジェクトリソースの日本支社の責任者として、今後は日本で活動することが決まっている。

旅館瀬野の経営者と、経営コンサルタント会社支社の責任者。二足のわらじを履くことになった。

さらに彼は本来なら東京に支社を構えるべきところを、『沙耶と一緒に住むために、支社はこの旅館の近くにする』と社長である叔父に我が儘を言ったのだ。

直は『近くに空港もあるし、今はテレワークでなんとでもなる時代。どこに支社を構えようが変わりない』と得意満面でそんなことを言っていた。

その顔を見て、格好いいなと密かに思ったことは本人には内緒だ。

ただ一つだけ、憂慮していたことがある。それは兄のことだ。

彼は長男であり、先代である父から旅館を譲られた形になっている。

だが、義弟に経営権を奪われた上、あれこれ指図される立場となった兄の本心はどうなのかと、ずっと心配していたのだが……。

「あれ？　直くん。相変わらず沙耶とラブラブだねぇ。当てられちゃうなぁ」

「お義兄さん、こんにちは。どうです、ボイラーの調子は」

「うん、いいよー。やっぱり新品は違うねぇ」

峰岸さんの件をきっかけに、この旅館瀬野のメインバンクは違う銀行へ変更していた。

直が根回ししてくれたおかげで、融資もすんなりと受けることができ、ずっと買い換えたいと思っていたボイラーを新品にすることができたのだ。

番頭として旅館の設備をチェックしたり、整備をしたりしている兄はご満悦である。

実はこの間、こっそり兄に今の状況についてどう思っているのか、聞いてみたのだ。すると、『俺は人の上に立つような器じゃないからなぁ。自分で色々考えるより、誰かの指示を受けて動く方が向いているし。直くんが来てくれて助かったよ』と胸を撫で下ろして言っていた。

そんな様子を見て、兄は兄なりにこの旅館のことを考え、そして経営責任者としてのプレッシャーを感じていたのだとわかったのだ。

すべてがうまく回っている。それは、隣に座って私の手を握っている男のおかげ。

彼の我が儘なら、なんでも聞いてあげようなんて思ってしまう。

会計士の先生を旅館の外で見送ったあと、私と直は透き通った青空を見上げた。もちろん手を繋いだままで、だ。

具体的な日取りは決まっていないが、今秋、私はこの人と結婚する。

直と再会したのが去年の九月。色々なことがあったけど、私は今、彼の隣にいる。

それが一番の幸せだ。

繋いでいた手をキュッと握ると、直は私の薬指に指を添わせた。

こうやって指輪がきちんと嵌っているか、確認せずにはいられないらしい。他の男への牽制なんだとか……。

そんなに心配しなくたって、私は直だけしか見えていないのにね。

「結婚式まで長いな」

「そう？　あっという間だよ」

式の準備やら、お互いの親との挨拶やら、するべきことはたっぷりある。

準備期間をもう少し取っても良かったんじゃないかと言うと、直は不機嫌そうに眉を曇らせた。

「バカを言え。これ以上、我慢なんてできるか」

「……今はいつも一緒にいるじゃない」

直のオフィスは旅館から車で三十分ほどの空港近くにあるが、私たち二人が住んでいるのは瀬野の実家だ。

毎日顔を合わせているのに、直はどうしてそこまで式を早く挙げたいのだろう。

不思議に思って首を傾げると、彼はにやりと口角を上げる。

「それは、もちろん。白無垢姿の沙耶を早く見たいからな」

なんとなく白々しい。目を細めてジロリと直を見上げると、彼は両手を軽く上げて降参のポーズをする。

「訂正。白無垢を着た沙耶をじっくり堪能したあとに、脱がせて抱き潰したいから」

「……」

「俺の女なんだから、それぐらいさせろよ」

「あのねぇ！」

文句を言おうとした口は、すぐさま直に塞がれてしまった。もちろん、それは熱く柔らかい情熱的な唇で。

こうやっていつも、私に反論させないのだから困ってしまう。

チュッとリップノイズを立てたあと、直はフフッと声に出して笑った。

「沙耶命の俺の気持ちを、少しは汲んでくれよ？　奥さん」

「そんなエロ親父的思考の旦那さまじゃ、致しかねますね」

視線を逸らすと、直は少しだけ焦ったように謝ってくる。

チラリと彼を見ると、困ったように眉尻を下げていた。本当にもう、どうしようもない男だ。

俺様気質だけど、それは少し不器用なだけ。優しさに満ちた彼は、本当に素敵な男性だと思う。

直にバレないように小さく唇に笑みを浮かべると、私は彼のネクタイを掴んで引っ張った。

驚いている彼に、私からキスをする。目を見開いた直を見て、私はフフッと軽やかにほほ笑んだ。

「私のこと、ずっと可愛がってね」

呆然と立ち尽くす直をその場に残し、私は足早に旅館の中へと逃げ込む。

言い逃げでもなくちゃ、恥ずかしくて言えやしない。

熱くなった頬を手でパタパタと扇いでいると、すぐに未来の旦那さまに背後から抱きしめられてしまった。

「そんな可愛いことというヤツは、今夜容赦しないぞ？」

「ひゃぁ!!」

急に耳元で囁かれて腰砕けになった。そんな私を抱き上げて、直は再び私にキスをする。

旅館ロビーでイチャイチャしている私と直を、従業員たちが温かい目で見ていることに気づきもせず……。

母屋に連れ込まれた私は、夜まで待っていられないと主張する未来の旦那さまに、休憩時間いっぱい可愛がられてしまったのだった。

恋に目覚めた男の溺愛宣言

今日は沙耶も、俺、志波直も仕事がオフだ。

二人とも常に忙しく、纏まった時間を二人で過ごすことは難しい。

沙耶は旅館瀬野の若女将として忙しく、接客業なので休みも不定期だ。

そういう俺も、旅館のあるこの地を拠点として全国飛び回っているので、家を空けることが多い。

だからこそ、今のこの時間は至福の時。だが、俺は少しだけ不満を覚えている。

そんな俺を見て、沙耶が声をかけてきた。

「考えてみればわかることでしょ？」

「……」

笑うのを我慢しているようだが、肩が震えているので丸わかりだ。

そんな彼女を見て、俺は顔を歪めた。

今日は結婚式場の下見のため、俺と沙耶はとある神社へと向かっていた。

瀬野から車で三十分ほど行った場所にある、厳かな神社である。

元々は別の結婚式場が候補に挙がっていたのだが、『違うところも一応見てみようよ』という沙耶の意見を受けて、足を運んだのだ。

神社の敷地に一歩足を踏み入れた瞬間、凛とした空気に背筋が伸びる思いがする。

周囲を大木に囲まれたそこは、時が緩やかに流れているような不思議な感覚がする場所だった。

俺はこの神聖な雰囲気にすっかり魅了され、『ここで沙耶への愛を宣言したい』と口にすると、沙耶も大きく頷いてくれた。どうやら彼女も、この神社が気に入ったらしい。

『ここなら、直が用意してくれている白無垢が映えそうだよね』

そう言ってほほ笑む沙耶があまりに美しくて、ここは神聖な場所だというのに、キスをしたくて堪らなくなってしまった。

グッと堪えた俺を誰か褒めてほしい。

我慢しないといけないほど、沙耶の笑顔は魅力的だったのだから。

俺が邪なことを考えているとは露ほども思っていないだろう沙耶は、『ここに決めない？』と再び魅力的な笑みを振りまいてくる。そんな彼女を見て俺は頷いた。

意見が一致したということで、俺たちはすぐさま社務所へと足を運んで日時の相談をすることに。

希望していた大安吉日がちょうど空いており、その神社で式を挙げることが決まった。

白無垢姿の沙耶、そして神社を取り囲む深い緑、朱色の社殿。

色のコントラストといい、周囲を取り巻く厳かな空気といい、絶対に素敵な式になると確信した。

結婚式が待ち遠しい。そう思ってワクワクしていたのだが、最後の説明を聞いたとき、俺にとっては長年の夢がぶち壊されるという結末に陥ったのだ。

その長年の夢というのは……

「そうだよな。考えてみれば、白無垢姿の花嫁を抱き潰すことなんてできないよな……」

通常の式では、神前式を行ったあとは会場を移動して、今度は披露宴へと移る。

よくある流れだというのに、俺はさらに大切なことが頭から欠落していた。

そう、披露宴ではお色直しがあって、最後まで白無垢を着ている訳ではないことを。

昔ながらの自宅でお披露目式をする場合なら可能だったろうが、現代風の結婚式では
それは叶わないのだ。

折角白無垢を仕立ててもらっているというのに、実に残念である。

「確かに白無垢だと、カツラを取ったりもしなくちゃいけないからな。無謀な考えだったか」

ベッドに寝転び、『やっぱり残念だなぁ』という視線を沙耶に送りながら、少しだけ大げさに嘆いてみせる。

その気持ちに嘘はないが、俺がわざとらしく言うのには、実は理由がある。

沙耶にちょっかいを出して、彼女の色々な表情を見たいという、なんとも子供っぽい理由だ。

彼女は一見、近寄りがたいクールビューティーだが、口を開けばまた違う魅力が溢れ出す。

それも俺に対して限定の沙耶の表情は、滾るほどに可愛い。そんな彼女をいつも見ていたいのだ。

ほら、俺の期待通り。すかさず沙耶が突っ込みを入れてきた。

「だから！　そんなこと考えるのは直だけだってば！」

腰に手を当てて俺を見下ろしてくる沙耶に向かって手を伸ばすと、彼女は可愛らしく首を傾げた。

だが、その表情からは、不審を感じている様子がありありと伝わってくる。

思わず噴き出してしまいそうになったが、俺は起き上がってメガネをテーブルに置き、改めて沙耶に手を伸ばした。

「沙耶、来いよ。俺を慰めて？」

「何を言っているんだか。そんなに落ち込んでもないくせに」

やっぱりバレたか。

俺が落ち込んでいる様子を見せれば、慰めてくれると思ったのだが……

長年、恋人として付き合ってきた俺たちだ。さすがに見抜かれるか。

顔にしまりがない俺を見て、沙耶は怪訝そうに呟く。

「私が慰めなくたって大丈夫でしょ！」

「そんなことない。俺は今、長年の夢が破れて落ち込みまくっているんだから」

「……」

白々しいと思っていることだろう。

正解だ、沙耶。今、俺はお前の同情を引こうと必死なんだから。

すぐににやけてしまいそうになる顔を、無理矢理引き締める。

そして、縋るような目をして沙耶に囁いた。

「ほら、沙耶」

手を大きく広げて沙耶を迎え入れようとしたのだが、彼女は未だに顰めっ面だ。

「今、直の近くに行ったら、大変なことになりそうなんだけど」

「フフ、さすがは沙耶。夫のことを、よくわかっている」

「あのねぇ。……それに、まだ籍を入れていないから夫じゃありません」

ピシャリと言い切られたが、俺は沙耶の手首を掴んで強引に抱き寄せた。

「キャッ」

小さな叫び声を上げた沙耶を、俺はそのままベッドに押し倒して覆い被さる。

彼女は驚いた顔をしたあと、ふくれっ面をした。

見た目はクール系、だけど時々キュート系に変わる。この瞬間が、俺は好きだ。

このギャップに、俺が何度やられてきたか。今、俺が組み敷いているこの女は、わかっていないだろう。

離れている間もずっとずっと好きで、なんとしても捕まえてやると闘志に燃えていた。

叔父との約束で一年間は日本に帰国できない状態だったため、俺たちの関係には空白期間がある。

その後は、沙耶の母である旅館瀬野の女将さんを説得し、準備を終えるまでにさらに半年。

沙耶を逃がしてしまった苦い過去を思い出すと、今でも胸がチクリと痛む。

帰国なんてできる訳がないという叔父の言葉通り、沙耶に連絡を取ることもできないぐらいハードな一年だった。

連絡しないと強がった手前、電話できなかったという理由もあるのだけど。

意地になっていたのは、沙耶だけじゃない。俺も意地になっていた。

そのせいで、その後の俺は死ぬほど後悔することになったのだ。

どこに沙耶がいるのかわからない。そんな絶望に立たされた。

別れを告げられたあの夜、どうして沙耶を引き留めて事情を聞かなかったのか。

沙耶に考える時間を与えてしまったのか。後悔ばかりが押し寄せた。

それからだ。どんなことでも後悔しないよう、まっすぐ自分の意志を貫（つらぬ）く。迷いは捨てる。

日本に戻ってきて沙耶がいないという事態に絶望した日に、決めたことだ。

組み敷いた沙耶の顔を覗（のぞ）き込み、プクリと膨（ふく）らんだ頬にゆっくりと手を添える。

すると沙耶は、何度か目を瞬（しばた）かせたあと、少しだけ表情を緩（ゆる）めた。

それを確認して、愛（いと）おしい彼女の名前を呼ぶ。

「沙耶」

慰（なぐさ）めてくれなくてもいいから、甘えたい。

女に対して、そんな感情を抱（いだ）くようになるとは、沙耶を好きになるまで思いもしなかった。

俺は基本的に、意地っ張りだ。だからこその俺様気質だと周りの人間には言われている。

元々女性に対し、弱さを見せるのがイヤなのだ。とてもじゃないが、そんなことをするのは格好悪いと思っていた。

だけど、俺のそんな頑なな考えをぶち壊したのが、この女。瀬野沙耶だ。

もうすぐ志波姓になる彼女を、俺は一生をかけて愛し抜く。

そんなふうに考えるようになるなんて、学生時代の悪友たちが聞いたら……目玉が飛び出るほど驚くに違いない。

もう一度、甘えた声で「沙耶」と名前を呼ぶと、彼女は頬を赤く染めて恥ずかしそうに口を開く。

「も、もう！　そんな甘えた声で呼んでも知らないわよ！　そもそも、直が変な夢を持っていたのがいけないんじゃない」

どうやら俺が、まだ白無垢のことを引きずっていると思ったのだろう。

それなら、それでいい。彼女の愛情は俺だけに注がせたい。

「沙耶、慰めて」

「もうもうっ！　直は昔から狡いんだから」

一瞬戸惑うような素振りをしたあと、沙耶は俺の首に腕を絡ませてギュッと抱きしめてきた。

彼女の体温を感じ、思わず顔がほころんでしまう。

俺の顔を見ることができない沙耶は、俺が今どんな表情で彼女に抱きしめられているか、知らないだろう。

幸せいっぱいな様子で、彼女に骨抜きにされている俺を見たら……沙耶は、どんなふうに思うのだろうか。

ギュッと抱きしめ返す俺に、沙耶は苦笑しながら小さく呟いた。

「直ってば、その声でお願いすれば私が言うこと聞くって思っているでしょう?」

「こんな声だけで沙耶が言うこと聞いてくれるなら、俺はずっと言い続ける」

「バ、バカッ!」

恥ずかしくなったらしく、沙耶は俺を抱きしめる腕に力を込めた。

あまりからかいすぎると、拗ねてしまうかもしれない。

これぐらいにしておこうかと思った瞬間、沙耶はとんでもないことを言い出した。

「ちょっとだけね……私もドキドキしてた」

「ん?」

「だから……そのぉ、白無垢のこと」

俺の腕の中で身悶えている彼女の姿に、思わず口角が上がる。

俺がずっと言っていた『白無垢を着た沙耶を脱がして抱きたい』という願望のことか。

(ああ、もう。だから、そのギャップがヤバイって言ってるんだよ!)

一見クールで取っつきにくい雰囲気なのに、内面はギュッと抱きしめたくなるほど可愛い。

それはある程度の付き合いで初めて見えてくることなので、接客業をしている沙耶は、見た目で少しだけ損をしている。

だが旅館瀬野の若女将は、従業員からはもちろん、商店街の皆にも愛されている。

ふと見せる可愛い言動が、やはりツボに嵌(はま)るのだろう。

しかし、峰岸みたいなストーカー野郎にも目を付けられてしまう場合もあるため、一長一短と言うべきか。

首まで赤く染めている沙耶が可愛くて仕方がない。意図(いと)せず俺の目尻が下がる。

全く、沙耶は俺をどうしたいんだろう。俺を悶(もだ)え死にさせる気か。

「沙耶、覚悟はいいな？」

「は……？」

俺の声に、不穏な響きを感じたのだろう。沙耶は恐る恐るといった様子で、俺の首に回していた腕を解く。

そして、覆(おお)い被(かぶ)さっている俺の顔を見て、彼女の顔がより赤らんだ。

俺の瞳に官能的な色を見つけてしまったのか、戸惑う沙耶が、めちゃくちゃ可愛い。

「ん？　どうしてそんなに顔を真っ赤にしているんだ？」

「だ、だって……っやぁんんっ！」

沙耶の首筋をペロリと舐めると、彼女は可愛らしい声を上げた。

ビクッと身体が快感に震えたのを見て、頬が緩む。

「俺に見惚れていたか？」

「っ！」

首筋まで赤くなる沙耶が愛らしくて、つい苛めたくなってしまう。

俺は自分にそこまでSっ気があるとは思っていなかったのだが……と、彼女の首筋にキスをしながら不思議に感じる。

だが、それはすぐに自己解決した。そうか、俺のSモードが発動するのは、きっと沙耶限定なのだろう。

「ククッ」

「直？　どうしたの？」

瞳を潤ませて俺を見つめる沙耶が魅力的すぎて、俺はその柔らかな肌に唇を寄せながら言う。

「なんでもない」

「なんでも、ないって……っふんん」

「沙耶は、俺が知らなかった感情を呼び起こす天才だよな」

「え……ゃあ、ああ！」

喘ぎながら首を反らした沙耶の、顎から鎖骨にかけて舌を這わせる。

プルプルと身体を震わせる彼女が、愛くるしすぎて仕方がない。

彼女が着ているTシャツの裾から手を忍び込ませ、ブラジャー越しに胸を触る。

何度かその柔らかさを堪能すると、もっと直接的な柔らかさが欲しくなり、ブラジャーのカップを押し下げ、胸の下から重みを確かめるように触れた。

早くその胸に顔を埋めたい。耐えきれなくなった俺はブラジャーのホックを外し、沙耶からTシャツを剥ぎ取った。

中途半端に外れたブラジャーが、また扇情的である。

俺の視線に気がついたのだろう。沙耶は、慌てて両腕で胸を隠した。

「もっと見せろよ、沙耶」

「っやぁ……！」

「そんな可愛い声で拒否したって、俺は止まらないぞ？」

意地悪。沙耶の瞳はそう言っているように見える。

だがその視線は、俺の脳裏では『止めなくていいよ』に変換された。

なんて都合のいい頭だろう。沙耶にとっては、不都合極まりないだろうけど。

俺は沙耶に覆い被さり、その魅惑的な唇にキスをする。

何度体験しても、沙耶とのキスは飽きることがない。柔らかくてプルンとした唇は、常に俺を誘惑してくる。

食らいつくように自分の唇を合わせると、沙耶の甘い吐息が聞こえた。

上唇を食(は)み、次に下唇を舐(な)める。

彼女のそれがうっすらと開いたのを感じて、俺はすかさず舌を忍び込ませた。

口内を余すことなく舐(な)め上げ、その先に見つけたのは沙耶の舌だ。

絡みつかせると、沙耶の唇から二人分の唾液がツーッと落ちていく。

薄目を開けて沙耶の顔を盗み見れば、上気した頬を隠すことなくウットリとした表情をしている。

彼女のそんな顔をもっと見たくて、俺は夢中で柔らかい唇を貪(むさぼ)った。

沙耶の手が、俺のＴシャツをギュッと握る。きっと、快感を逃(のが)そうとしているのだろう。

だが、そんな仕草も俺を煽(あお)っていることに彼女は気がついていない。

逃(のが)しはしない。もっともっと、快楽の淵(ふち)へと追い込んでやる。

俺は沙耶に跨(また)がったまま上半身を起こし、着ていたＴシャツを脱ぎ捨てた。

ふと視線を落とすと、沙耶が俺の身体を凝視(ぎょうし)しながら顔を真っ赤にさせていた。

その初心(うぶ)な様子に、俺の頬が緩(ゆる)む。

沙耶に再び抱きつきながら、彼女の耳元で囁(ささや)いた。

「なぁ、沙耶。俺の裸なんて何度も見ているだろう？　まだ、恥ずかしい？」

「っ！」

頷けば俺に弄られるし、かといって否定すれば、俺は間違いなく彼女が恥ずかしがるように裸体をわざと惜しげもなく晒すだろう。

それがわかっているからこそ、沙耶は顔を真っ赤にして言葉を濁すのだ。

相変わらずの沙耶限定のいじめっ子ぶりに、自分でも苦笑いした。

可愛がりたいだけなんだけどな、と俺は独りごつ。

ただ、沙耶を見ていると、どうしても構いたくなってしまう、苛めたくなってしまう。

子供っぽい気持ちを沙耶に見せてしまっているのは重々承知しているが、それは彼女にだけ心を許しているという証拠でもある。

沙耶からすればいい迷惑だろうが、大目に見てほしい。

「本当に、可愛がりたいだけなんだけどな」

「え？」

「なんでもない」

不思議そうに小首を傾げる沙耶も可愛い。ああ、クソッ！　抱き潰したくなる。

沙耶の耳たぶを甘噛みして、息を吹きかける。

その度にシーツを蹴って快感を逃がしていることがわかり、もっと気持ちよくしてやりたいという衝動が湧き上がってきた。

そのまま唇に移動し、甘く快感を味わうようなスローキスを仕掛ける。

「沙耶、舌を出せよ」

「し……た？」

「そう、舌だ」

言葉がおぼつかない沙耶にほほ笑みながら、命令をする。それを素直に受け入れた沙耶は、ゆっくりと真っ赤な舌を突き出した。

それに自分の舌を絡ませる。唇を合わせるとは違う快感に、身体の芯が熱くなってくる。

沙耶は、どこもかしこも甘い。身体も唇も、そして唾液や零れ落ちる蜜さえも。

彼女の舌を、パクッと唇で食む。扱くように唇を動かすと、沙耶のそれが微かに震えた。

ゆっくりと解放すると、銀色の糸が引く。

それがプツリと切れるまで見つめたあと、沙耶の両胸に手を添えてブラジャーを剥ぎ取った。

形が変わるほど強く揉み、そしてツンと可愛らしく尖った頂を指で転がす。

「っはぁ……んっ!!」

「気持ちいい？」

頂をクリクリと転がし、指で弾く。沙耶は、その度に甘い喘ぎ声を漏らす。

その声が聞きたくて、もっと彼女に夢中になってほしくて、俺は頂を口に含んだ。

舌を動かし、ねっとりと愛撫する。

舌先で転がる彼女の頂が可愛くて、時々強く吸い上げて押し潰す。

沙耶の反応がますます淫靡になっていくのを見て、もっと乱れてほしいと願ってしまう。

女の色気が香り立ち、俺はその花の蜜を吸いたくて、沙耶が穿いていたワイドパンツをショーツごと脱がした。

一糸纏わぬ姿になった沙耶はすでに甘く蕩けていて、ただハァハァと呼吸を荒くしている。

両膝に手をかけると一瞬だけ恥ずかしそうに身を捩ったが、俺はゆっくりと彼女の脚を広げた。

腰を屈め、太ももの内側にキスをする。ムチッとして触り心地がいい太ももに、何ヶ所も赤い花を散らしていく。

その度に沙耶の腰が震え、彼女自身もこれからの行為を心待ちにしていることがわかった。

より大きく脚を広げると、茂みの奥が蜜でテラテラと光っているのが見える。

「沙耶……。蜜が零れ落ちてきている。ほら、わかるか？」

「っやあ！　そ、そんなこと言わないで」

眉尻を下げ、沙耶は俺に懇願する。だが、そう言っている間にも、シーツに蜜が落ちて染みを作っていた。

それに気づいているのだろう。羞恥で身体がピンク色に染まった沙耶は、呼吸を乱しながら切なそうな顔で俺を見つめる。

その表情は男を食らうほどの魅力に溢れていて、俺の胸がドクンと大きく高鳴った。

思わず生唾を呑み込んだ音が、静かな部屋に響き渡る。

そんな俺の理性を試すように、沙耶の蜜穴からは甘い蜜が厭らしくツーッと垂れていく。

溢れ出てくる蜜を吸いたくて、俺は茂みを舌でかき分ける。そして、襞の奥に隠された蕾に吸いついた。

「ああっ！　っふ、んん!!」

その瞬間、沙耶の身体がビクッと跳ねる。

逃げ腰になった彼女の腰を逃がさないとばかりに両手で掴み、蜜がたっぷり湧き出ている場所へと再び顔を埋めた。

舌を尖らせ、蜜穴に差し込む。ナカの熱さ、最奥から溢れ出てくる蜜を味わいながら、沙耶がよがる場所を重点的に刺激する。

そうすると、ますます甘く熱い蜜が零れ落ちてきた。

いったん舌を抜き、再び蕾を唇で食みながら、上目遣いで彼女を見つめる。

俺の視線に気がついた沙耶は、咄嗟に顔を逸らした。だが、俺はそれを許さず、指を蜜穴に入れ込み、ナカを擦り上げる。

急激に訪れた快感に、沙耶は慌てて俺に視線を向けてきた。

チュッと蕾をキツく吸い上げ、俺は沙耶に甘く命じる。

「沙耶。俺のこと、ずっと見ていろよ」

「っやぁ……！」

フルフルと緩く首を横に振る沙耶に、俺は目尻を下げた。

「イヤじゃない。俺と気持ちよくなろう、沙耶」

「す、すな……お」

「もっと、俺の名前を呼べよ。沙耶をもっと可愛がってやりたいから」

小さく頷いたあと、「直」と俺の名前を呼ぶ沙耶が愛しすぎる。

何度も指を出し入れし、零れ出てきた蜜を啜った。

その卑猥な音が、ますます俺を煽っていく。

コクコクと何度も頷く沙耶を見て、指の動きを早くする。その度にグチュグチュと蜜の音が響き、沙耶の荒れた息と重なる。

「イキそうか？」

「あ、あっ……も、もう」

「っやあ。い、イッちゃう！」

大きく喘ぐ沙耶の身体は、ビクビクッと震えて硬直した。

虚ろな視線はどこか甘やかで、色香が漂っている。

そんな沙耶を目の当たりにしたら、我慢なんてできない。

彼女をよりいっそう近くで愛したい、そんな欲求が込み上げてくる。

すぐさま沙耶のナカから指を抜き出し、傍に置いておいたゴムを自身に着けた。

力がだらりと抜けている沙耶の頬をひと撫でし、彼女の目を覗き込む。

すると、沙耶は艶やかにほほ笑んだ。

「直……、来て。もっと、直を感じたいの」

美しさと可愛らしさ。どちらも兼ね備えた、この沙耶は最強だと思う。

潤んでいる目尻に唇を押しつけたあと、俺は沙耶の脚を大きく開いた。

そして、未だに震えている蜜穴へ、はち切れんばかりに膨らんだ自身を埋めていく。

俺を包み込んでくれる襞の熱さに、それだけでイッてしまいそうになる。

なんとか堪(こら)えながら、沙耶のぬくもりを感じつつ奥へと侵入していく。

沙耶のナカに入ると、いつも心のどこかでパズルのピースが嵌(はま)ったような感覚になる。

恋い焦(こ)がれて、待ちわびて一つになる。この瞬間、俺はいつも幸せで泣きそうになってしまう。

「痛くないか？　沙耶」

「うん……直、温かいね」

「そうか？　沙耶の方が温かい。ずっと、こうしていたいぐらいだ」

しかし、沙耶のナカは誘惑が多すぎる。

俺のいきり立ったモノを包み込むそこは温かくて、そして突然俺を締めつけては翻弄(ほんろう)してくる。

そんな誘惑めいた刺激を与えられて、ジッとしていられるはずがない。

「動くぞ」

沙耶が小さく頷(うなず)いたのを確認し、腰をゆっくりと回して前後に動かす。

まとわりついてくる襞(ひだ)が、どうしようもなく雄(おす)の部分を刺激してくる。

気持ちがいい。ずっと、こうして沙耶のナカを刺激していたい。

「っああ。すな……おっ！」

「っ!!」

腰をスライドする度に、厭らしい蜜の音が響く。

それと同時に、沙耶から甘く誘惑的な吐息が聞こえてきた。

その声さえも愛おしい。沙耶のすべてにキスをして、触れて、自分だけの女にしてしまいたい。

誰にも見せたくない。いや、見せるものか。

(沙耶は、俺だけの女だ)

そんな猟奇的な感情さえも芽生え、合わせて腰の動きも速くなってしまう。

ググッと最奥を刺激すれば、沙耶のナカがキュッと反応した。

「沙耶、締めつけすぎだ」

「そ、そんなこと言ったって……ああっんん！」

また力が強まる。気を抜いたら、すぐにでも達してしまいそうだ。

だが、もう少し……もう少しだけ、色っぽい沙耶を見つめていたい。

一番近い場所で、沙耶を感じていたいんだ。

グッと身体に力を込めて、イキそうになるのを我慢する。

沙耶が好きな浅めの場所に刺激を与え、最奥も突き上げた。

何度もそんな動きをしていると、ナカが甘く震え出す。

「沙耶、まだイッちゃダメだぞ」

「な、なんで!!　私、もう……っ」

先ほどから何度も軽く達している沙耶は、恨みがましい目で俺を見つめてくる。

そんな顔も可愛いと言ったら、『嫌味でしょ!!』なんて、憤慨するのだろうか。

沙耶のどんな顔でも見たい、と貪欲に思ってしまう俺は、確実に沙耶限定のS男なのだと思う。

「仕方がないな。でも、夜は長いぞ?」

「なっ！　鬼畜！　悪魔!!」

何度もします宣言をした俺に、沙耶は顔を引き攣らせた。

バカだな、沙耶は。本当にわかっていない。

そんな顔をしたら、ますます俺を煽るだけだってことを。

本当に可愛いヤツだ。もう、絶対に放さない。放しはしない。

「沙耶っ」

「っあ、あああ――!!」

甘い喘ぎ声とともに、身体がブルッと揺れる。

シーツの波に沈んだ沙耶を、その後も何度も愛した結果――

「……やりすぎた。ごめん」

疲れて眠りこけてしまった沙耶に、反省の言葉をかける。

残念ながら、本人にはこの謝罪が伝わっていないので、明日の朝は沙耶の怒号とともに目を覚ますことになるだろう。だが、まぁそれもいい。

沙耶が傍にいる。目を覚ましたら、一番に彼女のぬくもりを感じられる。

そんな幸せがあるなら、怒鳴られようが蹴られようが構わない。

「私は蹴りません！　って怒られるか」

思わず笑いが込み上げてしまい、慌てて口を押さえる。

恐る恐る沙耶の様子を窺うが、ピクリとも動いていない。どうやら起こさずに済んだようだ。

ゆっくりと彼女の黒髪を撫でながら、沙耶と出会った頃のことを思い出す。

(まさか、この俺が沙耶にここまで嵌ってしまうとはな)

当時からの気持ちの変化を思い出しては、甘く幸せな気持ちに浸る。

沙耶の髪を一房すくい、愛しい気持ちを込めながらキスをした。

＊　＊　＊

プライドの高そうな女。それが、瀬野沙耶を初めて見たときの印象だ。

入社式を終えて数日経った今、瀬野の印象はあまりいいものではない。

とはいえそれは、あくまで異性としての感想だ。同期としては、特に可もなく不可もなく。

いや、別に毛嫌いするほどではないが、なんとなく近寄りがたい。そんなイメージを抱いた。

俺はもともとクール系よりキュート系の女が好きだし、同年代より年下の方が好みだ。頼られることが好きだし、恋人には常に格好いいと思われたいという理由もある。無様なところは男にも、そして女にも見られたくない。

そういう意味では、俺もプライドが高い方なのだと思う。

それらを踏まえて考えると、瀬野は普段ならまず選ばない女だ。

俺はそれなりに女からモテているという自覚があるし、自分から声をかけなくたって向こうから寄ってくる。

そんなことを言えば、自意識過剰だと思われてしまうが、実際そうなのだから仕方がない。

しかし、それで幸せかと問われれば返答に戸惑ってしまう。

俺は恋愛に対して受け身な性質なんだと思う。好きだと告白されれば嬉しいが、それだけだ。

この子なら、と思って付き合うことができず、どうにも冷めた自分がいる。

常に一歩引いた状態でいる彼氏なんて、誰でも愛想を尽かすだろう。

だから、付き合ったとしても長続きはしない。それが俺の今までの恋愛遍歴だ。

モテてはいるが、本気の恋愛をしたことがないため、実は、恋愛偏差値は低いんだと思う。

いつしかそんな自分に嫌気が差し、大学三年になる頃には誰とも付き合わなくなっていた。

悪友たちは『そんなのノリで付き合っちゃえばいいんだよ』と言ってくるが、俺には無理だった。

俺は恋がしたかった。——それもとびきり情熱的な恋を。

そんな憧れに似た願望を持っている俺だから、やはり同期の瀬野との恋愛はあり得ない。

しかし、俺からの評価はイマイチな瀬野だが、同期男子のヤツらからの人気は高かった。

それに、先輩や上司も密かに狙っているという噂もある。

確かに瀬野はキレイな顔立ちをしているし、抱きしめてみたいと思うような色気を感じることもある。

だがそれは、あくまで一般論。俺自身は、彼女とどうこうなることはない。断言しよう。

　俺の中での瀬野の評価は特に変わることなく、半年間の新人研修を受けた俺たちは、それぞれの部に配属となった。

　俺はかねてから希望していた経営企画部に配属された。同期では瀬野が一緒だ。

　研修期間中、同じグループだった瀬野とは常に一緒にいたが、やっぱりコイツと恋愛に発展することはないと思っている。

　とはいえ、それは悪い印象から言っている訳ではない。いい意味で、色恋に発展しないだろうと思っているのだ。

　サクサクと仕事をこなし、すべてにおいて冷静に振る舞う見た目通りの性格。クールなところが女らしさに欠けるが、同期としては付き合いやすい。

　それに、一緒に仕事をするのが楽だ。

　瀬野は自身が主軸となって動くという感じではなく、どちらかというとアシスタント的な作業が得意だ。

　常に先を考え、周りのフォローをする。そんな彼女だから、経営企画部の先輩たちからも重宝がられていた。

　仕事の上ではまだまだ半人前の俺に対しても、すかさずフォローしてくれる配慮の細やかさ。

それに、変に女の部分を見せてこない彼女は、とても好ましい。

同期として、そして同僚としても付き合いやすいコイツとは、一生友達としてやっていけそうだと思うほどだ。

今までこういうタイプの女に出会ったことがなかったので、新鮮に感じる。

初対面で、勝手に悪い印象を持ってごめん。今では、そう素直に謝りたいと思うまでになっていた。

瀬野と毎日顔を合わせ、彼女の印象がどんどんいい方向へと傾いていたある日。

彼女の有能さ、そして人間としての器の大きさを実感する出来事が起きる。

（やられた……!!）

その資料を見て、俺は頭の中が真っ白になってしまった。

俺が二日かけて作った資料だったが、部長はそれを見て『これじゃない。昨年の分を統計してもらいたかったんだ』と言ってきたのだ。

いや、待ってくれ。俺は間違いなく、指導係の先輩から、一昨年の統計を纏めろとの指示を受けたはずだ。何度も確認したから間違いない。

「明日の打ち合わせまでには、どうしても欲しい資料なんだが……。それにしても、どうして一昨年の分で作るんだ。おい、志波にこの仕事を振ったヤツは誰だ！」

部長の声が苛立っている。それはそうだろう。この統計を再度作り直すとなれば、かなりの時間を要してしまう。

資料が欲しいのは明日だ。今から急いで作成しても、終わるはずがない。

俺がグッと歯を食いしばっていると、指導係の先輩が手を上げた。

「はい、僕ですけど。おかしいですねぇ。僕はきちんと彼に言ったはずですよ、昨年の統計を出すようにって」

「っ！」

言っている話が全然違うじゃないか。

文句を言おうとした俺に、先輩はニヤリと口角を上げる。それを見て、確信した。

この男、俺を陥れようとしているのだ。

そういえばこの男は常々、俺のことを煙たく思っている様子だった。

すぐに仕事を吸収していく俺が、面白くなかったのだと思う。

だが俺だって、なんでもすぐに吸収できた訳ではない。確かに要領は昔からいい方だが、俺は俺なりに、この部署になじめるよう、配属される前から勉強をしていたのだ。

その成果が今、花開いてきただけ。

だが、目の前の男は、俺が努力もなしになんでも軽々とこなしていると思っているのだろう。

彼から浴びせられる『面白くない』という感情は手に取るようにわかってはいたが……まさか、俺一人を困らせるだけでなく、会社の不利益になるようなことで憂さ晴らしをしようとするとは思ってもみなかった。

目の前で部長相手に言い訳を続ける男は、「俺が手助けすれば、すぐに終わる」などとほざいている。

だがこうなった今、俺にこの男の力を借りる気はさらさらない。

ギュッと手を握りしめ、俺は部長に頭を下げた。

「申し訳ありませんでした。今から作り直してきます」

それだけ言うと、すぐにデスクへ戻って資料作りを開始する。

他の仕事は後回しにし、とにかく緊急性の高い仕事からこなしていく。

それにしても、これは痛恨のミスだ。煙たがられているとは思っていたが、まさかこんな重要な仕事を使って仕返しをしてくるほどとは。

そんな状況になっていることに、今の今まで気がつけなかったのは俺の落ち度。

仕方がない。なんとかして、対処しなければ。

淡々と仕事をこなし始めた俺を見て、先輩はますます嫉妬を募らせている様子だ。

はっきり言って、この仕事量を一人で、それもこの時間から始めて明日までに仕上げるのは無謀だ。いや、無理だろう。

先輩は、俺が困惑して泣きついてくると思っていたはずだ。

困り果てている俺に手を差し伸べ、自分が優位に立ってやろう。そんな魂胆が見え見えである。

だが、おあいにく様。俺はそんな卑怯なまねをするようなヤツに借りを作るほど、バカじゃない。

「フン！　せいぜい泣きを見るんだな」

結局先輩はそう言って、自分に屈さぬ俺に苛立ち「あとはお前一人でなんとかしろよ」と捨て台詞を吐いて、逃げ帰ってしまった。

その態度には、心底呆れ返ってしまう。忘れているのかもしれないが、先輩は俺の指導係だ。

この仕事がもし終わらなければ、最終的には彼が後輩の指導不足というレッテルを貼られることになるのに、完成しなくてもいいのだろうか。

まったく浅はかというか、なんというか……。俺は、大きくため息をついた。

一人、また一人とオフィスから人がいなくなっていく。

とうとう俺一人だけか、と凝り固まった肩を回していると、背後から声をかけられた。

「もっと可愛げがあるところ、見せればよかったのに」

振り返ると、そこには肩を竦めてため息をつく瀬野が立っていた。

「ほら、貸してみなさいよ」

皆が帰るタイミングを見計らってくれていたのだろう。

俺が意地っ張りな性格をしていることを把握している瀬野は、俺が皆の前では誰にも助けを求められないのをわかっていたのだと思う。

だからこそ、こうして誰もいなくなってから仕事を手伝おうと俺に声をかけてきたのだ。

彼女の優しさを感じたが、そのときの俺は羞恥心の方が勝っていた。

データの書類に手を伸ばそうとしている瀬野を止める。

「うるせぇな、瀬野も帰れ」

ピシャリと言いのけたが、彼女は相変わらずクールな表情でデータの書類を見つめていた。

「この量、志波君一人でできる訳がないでしょう?」

「……」

瀬野の言う通りだが、俺は意地でもやり遂げたかった。

あんな卑怯な手を使わなければ妬心を晴らせない先輩に呆れ返ったし、何より彼は仕事を舐めている。

先輩にしてみたら、たかが資料なのだろう。だが、その一つの資料があるかないかで経営方針が変わることだってある。

意味のない仕事なんてないはずなのだ。

とはいえ、あの先輩が俺を可愛く思えなかったことにも、きっと理由があるはずだ。

すべての責任を先輩に押しつけるつもりはない。

黙々とデータ入力をしていると、瀬野は再び資料に手を伸ばしてきた。

「同期のよしみで手伝うわ」

「いいから、帰れ」

時計を見る。現在、夜の九時だ。

明日も仕事があるのに、これ以上彼女を拘束する訳にはいかない。

それに、夜道の女の一人歩きは危険だ。少しでも人気があるうちに、瀬野は帰すべきだろう。

俺は頑なに、首を横に振った。ノーを突きつけ続ける俺に、瀬野は深く息を吐き出す。

「志波君って、頭良くて仕事もできるのに、変なところで残念ね」

「は？」

仕事をそつなくこなしている（と見せている）俺に向かって、そんなことを言うヤツは初めてだ。

目をパチパチと瞬かせていると、瀬野は慈愛溢れる声色で続けた。

「上を目指すつもりなら、もっとうまく立ち回らなくちゃ。志波君に必要なのは、柔軟性だと思うよ」

「……」

「仕事って、結局は人間相手のものなんだしね。その俺様なところ、直した方がいいわよ」

「俺様……」

「んー、意地っ張りというか。不器用よね、志波君って」

一瞬、胸の内をすべて見透かされてしまった気分になり、顔が熱くなる。

まさか、瀬野にそこまで読まれていたなんて……

だが、瀬野に弱みを見せたくなかった。それがどうしてなのか、今の俺にはわからない。

でも、彼女にはどうしても俺の弱い部分を見られたくなかったのだ。

それはきっと彼女が女だからだ。そうに違いない。

自分に言い聞かせたあと、「とにかく帰れよ」と再び瀬野を促す。

だが、彼女は折れなかった。俺の手からデータ資料を取り上げ、柔らかくほほ笑む。

「じゃあ、これは貸しね。いつか私がピンチになったら、絶対に助けてよ！」

ヒラヒラと手を振り、瀬野は自分のデスクに座ってパソコンの電源をつけた。

すぐに軽やかなタイピングの音が聞こえ始める。

この作業内容、そして分野は瀬野が得意とするものだ。

きっと彼女なら、俺なんかよりスピーディーに仕事をこなしてしまうのだろう。

ディスプレイにかじりついている瀬野に、俺は声をかけた。

「悪いな、助かる」

「どういたしまして！」

軽やかに返事をする瀬野の横顔は、いつものクールな様子とはかけ離れていた。

彼女の新たな一面を見た気がして、どうしてか心が弾む。

その後、二人で黙々と作業をこなしたおかげで、体裁を保てる程度にはなんとか仕事を終わらせることができた。

何度も礼を言う俺に、瀬野は『私は、俺様な志波直にお礼を言われた、唯一の存在かもね！』などと声を弾ませた。

きっと俺に気を遣わせないために、わざとおちゃらけた態度で言ったのだろう。

最後の最後まで瀬野には頭が上がらないと思わされた瞬間だった。

この出来事から、なぜか瀬野には自分をさらけ出してもいいなんて思えるようになったのだ。

すでに、格好悪いところを見られているから開き直ったのだろうか。

自分でもどうにも感情の整理ができていないが、一つわかったことがある。

やっぱり瀬野はいいヤツだ。

こうして同期として、同僚として適度な距離感で付き合ってきた俺と瀬野。

だがそこで、転機が訪れる。それは経営企画部に配属されて一年が経とうという九月末。

瀬野の父親が亡くなった。

話を聞けば、大学から東京に進学をし、そのまま就職をした彼女は、地方にある実家へなかなか帰ることができなかったそうだ。

お正月には久しぶりに父に会える。そう思っていた矢先の、不慮の事故だったらしい。

定時もとっくに過ぎた、夜九時。

仕事を終えた俺はコーヒーでも飲んでから帰ろうと、リフレッシュルームへ足を踏み入れた。

するとそこには、瀬野が窓の外を見つめて座っていた。何か思い悩んでいるようで、俺が入ってきたことにも気づいていない様子だ。

カップコーヒーを二つ買い、その一つを瀬野に渡す。

すると瀬野は驚いた表情で振り向き、弱々しい笑みを浮かべてお礼を言ってきた。

いつもクールで自分に与えられた仕事を淡々とこなす瀬野だが、今ばかりはクールとはかけ離れた表情を見せている。

「瀬野、大丈夫か？」

「うん、大丈夫よ」

弱々しい笑みを浮かべる彼女を見て、胸が締めつけられた。

そんなに無理して笑う必要はない、そう言いたくなるほど、今の瀬野は壊れてしまいそうに儚げに見える。

葬儀を済ませて東京に戻ってきた彼女は、ここ数日ずっと濃い疲労の色を浮かべていた。

まだ、心の傷が癒えていないのだろう。当たり前だ。実の父親を亡くしたばかりなのだから。

だが、周りに心配をかけまいと、昼間は元気に過ごしていたのも知っている。

わかっているからこそ、何も言ってやれないもどかしさ。

俺はただ、隣に座っているだけしかできない。それがとても歯がゆかった。

瀬野には大きな借りがあるというのに……。彼女を励ます言葉が見つからず、俺はただ名前を呼んだ。

「瀬野」

「ん？」

「瀬野」

「ふふっ。どうしたの？　志波君」

「……今、ここには俺しかいない」

「え？」

驚いた表情を浮かべる瀬野を、俺はジッと見つめる。

俺は目を瞑って、自分の耳を押さえてみせた。だから泣きたかったら泣けよ。

そう心の中で呟いたのだが、言葉にしなくても彼女はわかってくれたようだ。

時折鼻を啜る音が聞こえ、彼女が泣いていることがわかった。そのいじらしさに抱きしめてやりたい衝動に駆られた。

そう思ったことに、自分自身が信じられずに驚いてしまう。

相手は俺のタイプとはかけ離れていて、絶対に欲しいなんて思わない女だったはず。

それなのに、胸の鼓動が高まっていく。

なんだ、これ。心臓が壊れてしまったのか。こんなに胸をドキドキさせて戸惑うことは、生まれて初めてである。

一人テンパっていた俺だったが、泣いていた瀬野には気づかれなかったようだ。

「もう、大丈夫。ありがとう、志波君」

涙を拭いながら、小さくほほ笑む瀬野。

その言葉にホッと胸を撫で下ろすが、儚げな声で呟いた彼女を抱きしめてやりたくて仕方がなかった。

瀬野がお礼を言うのがあと少し遅ければ、俺はこの腕で彼女を抱きしめてしまっていたかもしれない。

彼女の涙を見てからずっと、俺は戸惑い続けている。

すでに答えは出ているはずなのに、なぜか認めたくなかったのだ。

そんな俺を煽るように、営業部のエースが瀬野を狙っているという噂が立った。

彼は俺たちより五つ上。大人な雰囲気の男性で、誰しもが一目置く切れ者だ。

男の俺から見ても、格好いいと思うほどの人である。

そんな人が、瀬野を一人の女として欲しがっているという。それを聞き、俺は心中穏やかではいられなかった。

ただの噂だと思いたかったが、オフィスビル前のカフェで瀬野とその先輩が一緒にいるのを目撃してしまうと、不安は確信へと変わっていく。

瀬野が表情を緩めて、その先輩に笑いかけていた。彼も、目尻を下げて瀬野を優しく見つめている。

そんな二人を見た瞬間、俺は〝瀬野は俺の女だ！〟と叫んでしまいそうになった。

慌てて口を押さえ、二人に見つからないよう足早にその場をあとにする。

どうして隠れるようにその場を去ってしまったのか。その答えはすでに出ていた。

俺は二人の笑い合っている光景を見たくなかったのだ。


「おいおい、勘弁してくれよ……」


今、湧き上がってきた感情の名前だけは知っていた。そう、名前だけだ。

そんな感情に自身が苛まれることは、今まで一度もなかった。

だけど、現在の俺はまさにその感情によって、理性がグラグラと揺らいでいる。

自分の胸の内で渦巻くドロドロとした感情の名前を呟いた。

――嫉妬。

間違いない、俺はあの先輩に嫉妬心を抱いている。

一番あり得ないと思っていた同僚相手に、どうやら恋に落ちてしまったようだ。

だが、気づいてしまえばあとには引けない。

このまま嫉妬心を内に秘め、ちっぽけなプライドを優先させていれば……彼女は確実に他の男にかっ攫われてしまう。

凛とした中にある、瀬野の可愛らしさと脆さ。そんなアンバランスさを見て、庇護欲がかき立てられるのは俺だけではないはずだ。

今ここで躊躇っていたら、一生後悔する。間違いない。

それなら、なりふり構ってなどいられないだろう。

瀬野への想いを戸惑いつつも受け入れた俺は、瀬野の獲得に向け動き出した。

秋も深まる十一月。俺と瀬野はいつも通り、二人で資料作りに励んでいた。

時計を見れば、夜も九時を回ろうとしている。経営企画部の室内には、すでに俺たち二人しかいなかった。

今日はノー残業デーだ。本来だったら、仕事の手を止めて帰らなければならない。

だが、今作っている資料は明日の経営会議で使うことが決まっているので、今夜中には完成させておかなければならなかった。

本来なら、会議の日にちを見越して先に準備しておくべきだったのだが、急遽日時が繰り上げられたため、資料作りも早めなくてはならなくなったのだ。

やむを得ない事情ということで残業許可が下り、今はこうして黙々と目の前の仕事を片付けている真っ最中だ。

チラリと自分の斜め前を見る。そこでは瀬野が、パソコンのディスプレイとデータを交互に睨みつけている。

この頃の瀬野は、少しずつだが父親の死を受け入れることができてきた様子だった。

落ち着いた雰囲気の、いつも通りの瀬野だ。だけど俺は、彼女を同期として見ることができなくなっていた。

営業部のエースは相変わらず瀬野にちょっかいを出してきているし、心中穏やかではいられない。

だが、彼は長期戦を仕掛けるつもりのようで、直接的なアプローチはまだしていないようだ。

現に、二人が付き合い出したという話は聞こえてこないので、今がチャンスだろう。

瀬野は美人な容姿に似合わず、恋愛には慣れていない様子だ。

先日開かれた同期会で、姉御(あねご)というあだ名を持つ秋野文恵が『そろそろ沙耶も恋人作ればいいのに』と煽(あお)っていたのだが、そのときの瀬野の態度といったら……!!

顔を真っ赤にして狼狽(うろた)えていた彼女は、可愛いなんてものじゃなかった、あれはヤバイ！

あの赤く熟(う)れた頬にかじり付いてしまいたい。そんなことをこっそり思っていたなんて、誰にも内緒だ。

瀬野への気持ちを自覚してからというもの、俺はどうにも自制がきかなくなりつつある。

自分の中から溢(あふ)れ出しそうな気持ちをそろそろ吐き出さなければ、どんな暴走をしてしまうかわからない。

まぁ……吐き出したからといって、暴走しないとは言い切れない。それほど瀬野への気持ちを持て余しているのだ。

そんな自分がいたことを初めて知り、驚くとともに苦笑してしまう。

思わず一人噴き出すと、瀬野が作業の手を止めた。

「どうしたの？　志波君。何かあった？」

突然笑い出せば誰でも気になるだろう。瀬野は不思議そうに俺を見つめている。

その瞳に吸い込まれるような感覚を覚え、俺はゆっくりと立ち上がる。そして、瀬野のデスクへと近づいた。

無言のまま近づいてきた俺を不審に思ったのか、瀬野は眉間に皺を寄せている。

その険しい表情を崩したい。俺だけに笑いかけてほしい。

（俺だけを見て、瀬野）

気づいたときには、瀬野を背後から抱きしめていた。

腕から伝わるぬくもり、微かに香る優しい瀬野の香り、それからそれから……

愛おしさが込み上げてきて、うまく言葉にできない。

「……っ！　ちょ、ちょっと！　志波君!?」

瀬野が驚く声にハッと我に返ったが、彼女を腕の中から解放するという選択肢はない。

いっそう強く抱きしめると、瀬野が声を殺して身体を硬直させたのがわかった。

次いで、耳と項が一気に赤く色づく。可愛い、色っぽい……このまま、どこかに連れていってしまいたい。

彼女の態度からはまだ戸惑いしか感じないが、この行動をきっかけに、仲がいい同期ではなく一人の男として意識させてみせる。

俺は、瀬野の耳元で囁いた。

「なぁ、瀬野」

「し、志波……君？」

瀬野の声が震えている。何が起こっているのかわからず、動揺しているのだろう。

それもそうだ。俺だってこんなふうに瀬野に告白することになるとは思わなかった。

衝動的な行動に、自分自身ビックリしている。だが、それだけ彼女を欲していたのだと思えば、腑に落ちた。

欲しい、瀬野沙耶が欲しくて堪らない。俺は溢れ続ける気持ちを彼女に囁く。

「好きだ」

瀬野の身体がビクッと震え、項がますます赤くなる。

そこにかぶり付きたいのを我慢しながら、俺は瀬野に宣言した。

「瀬野沙耶。俺はお前を徹底的に愛して、甘やかすことにしたから」

瀬野から離れると、彼女が座っている椅子をこちらへクルリと反転させる。

目をまん丸に見開き顔を赤くした瀬野が、信じられないとばかりに口を開いた。

「は……？」

そのマヌケな顔に思わず噴き出してしまいそうになるが、彼女には覚悟をしてもらわなければならない。

初めて恋を知った男が、なりふり構わず好きな女を手に入れようとするとき、どんなに恐ろしいことになるのか。彼女には身をもって体感してもらおう。

「好きだ、沙耶。俺のモノになっちまえよ」

「な、何を言っているの⁉」

「あ、そうそう。これから沙耶って呼ぶから」

「し、し、志波君？」

「沙耶も俺のこと、直って呼べよ」

「はぁぁぁぁぁぁ⁉」

俺たちしかいないオフィスに、沙耶の叫び声が響き渡る。

こだまが返ってきそうなほど大きな声だったが、叫び終わった瞬間、再び静寂が訪れた。

口をパクパクさせて何も言えないらしい沙耶に、俺は不敵に笑う。

「覚悟しておけよ、沙耶。俺はお前を逃がしはしないから」

「っ！」

これは宣戦布告だ。

恋に目覚めた男が、恋愛事に不慣れで初心な女に挑戦状を叩きつける。

言っておくが、負け戦をするつもりはない。

真っ赤になって狼狽える沙耶を見て申し訳なさも感じたが、だからといって口説くのをやめようとは思わない。

この夜を境に、俺は沙耶への猛アプローチを仕掛け始めた。

だが、俺が沙耶を狙っていると周りに嗅ぎつけられると、面倒なことになる可能性がある。

沙耶がモテるのはもちろんだが、俺もそれなりに目立つ存在だという自覚はある。

俺に声をかけてくる女に対し、今までは適当にあしらっていたが、その女たちが俺に危害を加えるのではなく、沙耶に矛先を向けることになれば、悔やんでも悔やみきれない。

どうも俺に声をかけてくる女は、揃いも揃って派手で気が強いのだ。

かと言って、目の前に沙耶がいるのに口説かないという選択はない。

だからこそ沙耶へのアプローチには細心の注意を払ったし、もちろんＴＰＯもわきまえた。

とはいえ、会社にいるときが一番彼女と接近できるチャンスだ。

それをみすみす見逃(みのが)すほど、俺はバカじゃない。

沙耶と二人きりになれるように裏から手を回し、彼女が俺から逃げられないよう誘導していく。

あの告白以来、沙耶はあからさまに俺を避けるようになっていた。

だが、そんな状況で『君の気持ちが落ち着くまで待っているよ』なんて言うつもりは毛頭(もうとう)ないし、俺はそこまで甘くはない。

そんな悠長なことをしていたら、沙耶は確実に俺の手をすり抜けてしまう。

俺の懸念(けねん)通り、沙耶は恋愛事に対しては鈍感だし初心(うぶ)だ。

クールビューティーなんてあだ名がある彼女だが、内面は結構ナイーブ。色々なことに躓(つまず)いて一人で落ち込むこともしばしば。

あれだけの容姿を持ち、仕事だってそつなくこなす。それなのに、どこか自分に自信がない。

そんな彼女を、俺は傍(そば)で長らく見ていたのだ。今は攻めて攻めて攻めまくるのが得策だろう。

沙耶が顔を出すと聞いた飲み会には欠かさず出席して、隣の席をキープ。もちろん、根回しは抜かりなく、だ。

幹事をそれとなく脅(おど)し——もといお願いして、彼女に男が近づかないようにすることも忘れない。

人数合わせ要員として沙耶が合コンに参加するという情報を得れば、伝を辿ってその場へ潜入。

ずっと沙耶の傍から離れず、他の男を牽制する。

さすがにあのときは、沙耶の顔も引き攣りっぱなしだったっけ。

それもそのはず。その合コンのメンバーは会社関係ではなく、沙耶の友人関係の集まりだったからだ。

どうやって情報を手に入れたのか、不思議だったに違いない。

この一件で、俺から逃げることはできないと悟ったのだろう。沙耶はますます警戒心を強めていった。

だが、それで負ける俺ではない。攻めの姿勢を崩すなんてことはしなかった。

今度は二人きりで会いたいと思った俺は、沙耶を食事に誘ったが、返ってくるのはつれない返事ばかりだ。

「行かないから!!」

そう宣言する沙耶を、あの手この手で食事に連れて行き、徹底的に甘やかして可愛がった。

口元を押さえ、真っ赤になる沙耶は最高に可愛い。何度でも甘い言葉を囁いてやりたくなる。

本人にそう言ったときは、「そんな歯が浮きそうな台詞を、よく素面で言えるわよね」と呆れ返っていた。

「どれも本当のことだし、本心しか言っていない。俺は嘘をつくのが嫌いだ。好きな女にはなおさら真摯でいたい。それに甘やかしてもやりたいし、可愛がりたい。そう思うのはおかしなことか？」

そう返せば、沙耶は顔を真っ赤にして俯いてしまった。

「そんな仕草も可愛い」と続けたら、さすがにおしぼりを投げられてしまったが。

素面でよくそんな台詞をと沙耶は言ったが、酒を呑んだ俺は、もっと饒舌になるはずだ。

そうしたら、さらに甘い言葉を囁くに違いない。

それでもいいのか、今度は酒を呑んで口説いてやろうか。そう言ったら、絶句されてしまった。

ここまで来ると、ストーカー紛いのアプローチだと言われても仕方がない。

強引なんてものじゃないからだ。その辺りは、俺も自覚している。

しかし、だ。相手は瀬野沙耶。大人な恋愛に慣れていそうな容姿をしているのに、中身はまだまだ初心だ。

そんな相手を回り<ruby>口説<rt>くど</rt></ruby>いたとしても、スルーされて終わりだろう。

サラリと<ruby>躱<rt>かわ</rt></ruby>されてしまうことは目に見えている。

それにしても今まで、こんなに女を甘やかしたことがあっただろうか。

いや、ない。それにこれだけ執着心を<ruby>露<rt>あら</rt></ruby>わにしたのも、初めての経験だ。

——相手が沙耶だからするんだ。

そんな告白をしたら、さすがに引かれてしまうだろうか。

どんどんエスカレートしていく俺のアプローチに、沙耶はようやく白旗を振った。

「志波君には負けたよ……じゃあ、お友達からならどう？」

まずはそんな返答をもらったが、全然嬉しくない。俺はすぐさま反論する。

「は⁉　友達？」

「え？　ダメかなぁ」

戸惑う沙耶に、俺は深くため息をつく。

「友達なんて、とっくの昔になっているだろう」

「あ……」

今気がついたといった表情を見て、俺はガックリと<ruby>項垂<rt>うなだ</rt></ruby>れてしまう。

「同期で同僚。お互い気兼ねするような間柄でもない。入社してから今まで、俺たちは俺たちなりの関係を<ruby>築<rt>きず</rt></ruby>き上げてきただろう？」

みたい。

だからこそ、沙耶のことをもっと知りたいと思った。

同期や同僚という立場ではなく、もっと近い場所で、彼女の心のすぐ傍に寄り添って

そして沙耶にも、俺に寄り添ってもらいたいと切に思うのだ。

ジッと沙耶を見つめていると、彼女の頬がポッと可愛らしく赤く染まった。

「そ、そうよね……うん、志波君とはすでに友達よね。……そうか、じゃあ」

次は何を言い出すのか。聞いてみたいとは思うが、どうにもまどろっこしい。

俺は沙耶の返答に声を被せた。

「婚約者からだ」

「は!?」

沙耶に告白してからというもの、俺は彼女を何度も驚かせ、動揺させてきた。

だが、今の沙耶の驚きは、今までで一番だと思う。

だが、次の瞬間――これも今まで見たことがないほど、キレイな笑みを見せてくれた。

「志波君って、本当強引よね。だけど、うん……嬉しいって思っちゃうのよね」

その笑顔を見た瞬間、俺は一生彼女を手放しはしないと決意したのだった。

あれから約五年が経とうとしている。ここまで早かったような長かったような。

空白期間があるとはいえ、濃密な時間を過ごしてきたことは間違いない。

「なぁ、沙耶。俺はお前に借りを返すことができたか？」

経営企画部に配属されて、初めてのピンチを沙耶が助けてくれた。

『じゃあ、これは貸しね。いつか私がピンチになったら、絶対に助けてよ！』

そう言ってほほ笑んでくれた彼女のヒーローに、俺はなれているだろうか。

彼女の額にかかる髪をかき上げていると、「返してもらったよ」と聞こえてビックリする。

見れば、目を開けた沙耶は、額に触れていた俺の手に自分のそれを重ねた。

「沙耶、起きていたのか？」

どうやら俺の独り言を聞かれてしまったらしい。

恥ずかしさから声が上擦る。彼女はフフッと幸せそうに笑った。

「直は、旅館を救ってくれたじゃない」

「沙耶」

「それに……。私の大ピンチを救ってくれたのも、直だよ？」

峰岸の件を言っているのだろう。目尻に皺を寄せてほほ笑む沙耶の隣に俺はゴロンと寝転がると、柔らかい頬に手を添える。

すると、気持ちよさそうに目を細めた沙耶は、愛らしい声で呟いた。

「ありがとう、直。大好き、よ」

彼女の言葉を聞いた瞬間、俺の中で何かが弾けた。

「す……な、お？」

気がつけば、俺は身体を起こして沙耶に覆い被さっていた。

目を見開く沙耶の首筋に、かじり付く。

舌を使い、何度も下から上に舐め上げて、己の手は、沙耶の身体に遠慮なく触れ始める。

まだ快楽を覚えていた沙耶の身体は、すぐ淫らに快感を欲しがり始めた。

「っふぁ……!!　ちょ、ちょっと、直？　ど、どうしたの？」

「沙耶、本当にお前……。俺の心を簡単に乱すよな」

「は!?　意味がわからないんだけどっ！」

いきなり豹変した俺に驚いた様子だが、もう止まらない。

俺は彼女の耳にかじり付き、少しだけ低く、真剣味を帯びた声で話しかける。

この声で囁くと、沙耶の身体が感じることを知っていて、今、この声で懇願するのだ。

「沙耶、お前を抱きたい」

「ちょっと落ち着こうか、直。さっき、たっぷりした……よね？」

先ほど抱き潰された本人は、信じられないといった様子で俺を見上げている。

その視線に気がついたが、俺は華麗にスルーを決め込んだ。

「してない」

「なっ⁉」

「沙耶が足りない。もっと欲しい……もっと、お前のことを愛したい」

沙耶が息を呑んだのがわかった。次いで、身体中がジワジワとピンク色に染まっていく。

全く、言動も可愛いが、身体まで可愛い。どうしてくれよう。

「沙耶をくれよ。もっともっと、沙耶を可愛がりたい」

すでに腹につくほど反り返った自身を、沙耶の太ももに押しつける。すると、沙耶の身体がますます濃いピンク色へと変化していく。

「も、もう……？　硬い……よ？」

「そりゃそうだろう。こんなに可愛い女が裸で寝ているんだ。勃つに決まっている」

「バ、バ、バカじゃないの⁉」

「フフ。俺、お前が『バカじゃないの』って言うの、結構好き」

「っ‼」

「だって、俺に対して恥ずかしがっているときにだけ使う言葉だろう？　俺のこと意識している証拠。そんな可愛い顔を晒しておいて、抱くななんて言わないでくれよ？」

チュッと沙耶の目尻にキスをすると、彼女はウーッと小さく唸(うな)り、そして上目遣いで俺を見つめてきた。

「……明日、一緒にお風呂入ってくれる？」

あのな、沙耶。それは完全に煽(あお)っているよな。抱き潰(つぶ)してくれって言っているようなものだ。

今度は鼻先に唇を落とし、俺は小さく笑う。

「もちろん、言われなくたってする」

「好きって……言ってくれる？」

「いくらでも言ってやる。っていうか、俺はいつも言っているつもりだけど？」

特にセックスのときは、これでもかと『好きだ』『愛している』と言っているつもりだ。もちろん普段だって、暇さえあれば囁(ささや)いている。

だけど、それをあえておねだりしてくる沙耶が可愛すぎて辛い。

俺の下半身をどれだけ刺激すれば気が済むんだ、この女は。

俺にだけ甘えるというこの行為を、沙耶はつい最近知ったばかりだ。

親父さんが亡くなってから、家族の中でも自分がしっかりしなくてはという義務感に駆(か)られていたのだと思う。

楽観主義なお義母(かあ)さん、お義兄(にい)さんの前では、いつもしっかりした長女の顔をするしかなかったのだ。

そんな沙耶が甘えられる場所は、ただ一つ。俺の腕の中だけだ。

「思いっきり甘やかしてやるから、俺の前だけにしろよ。他の誰にも、このポジションを渡すつもりはないからな」

柔らかく手に吸い付く沙耶の頬を撫(な)でると、彼女は嬉しそうに破顔する。

「俺はその表情をずっと見ていたい。見続けていきたい。だから、お前は俺に守られていろよ」

「私も、直を守ってあげたいよ」

ジッと俺を見つめるその瞳は、吸い込まれそうなほどにキレイだ。

俺は返事をせずに、彼女の唇を貪(むさぼ)った。

(いつも守られているからな……!!)

沙耶の存在が、どれほど俺の中で大きいか、本人はわかっていないようだ。

それなら思い知らせてやらなければならない。俺がどれほど沙耶を欲しているか。必要としているのか。その身体に——

沙耶にかけていた布団を剥(は)ぎ、ベッドの下に落とす。

彼女の両頬に手を添え、そのプルンと弾力のある唇にキスを落とすと、彼女の方から俺を誘導してきた。

うっすらと口を開けて、チラリと赤い舌を覗かせている。

目も眩むような色っぽさに、俺は夢中で舌を絡めた。

クチュクチュと淫らすぎる唾液の音と、舌を吸う音。そして、お互いの息づかいが、なんとも艶めかしい。

キスをしながら、俺の手は沙耶の首筋を辿り肩をひと撫でする。

ほんの少しの刺激でも反応する彼女が、とても可愛らしい。もっと感じさせてやりたくなる。

そのまま手を胸へと移動して揉み上げ、ツンと尖った両方の頂を指で摘む。

摘んだまま、クリクリと頂を弄る。少し強めに引っ張ると、沙耶の腰が淫らに揺れた。

絡みついている舌にも力が入る。

気持ちがいい、と態度で示されて、俺の身体も熱くなっていく。

ゆっくりとキスを止め、俺は胸にむしゃぶりついた。

ペロペロと頂を舐め上げ、胸を揉みしだく。だが、柔らかい感触をもっと味わいたくて、沙耶の腕を掴んで起こす。

ぺたりと力なく座る沙耶の胸を弄び、そのまま唇を寄せて頂を吸い上げた。

「あ、あ……っ、はぁ……!!」

「気持ちよさそうだ……沙耶、気持ちいい？」

ひっきりなしに喘いでいる沙耶は、コクコクと何度も首を縦に振る。

もっと翻弄してやりたくて、俺は茂みをかき分けて蕾に触れた。

そこは、先ほどまでの熱情が残ったままで、蜜もすでにたっぷりと溢れている。

「すごく濡れている……厭らしいな、沙耶は」

「ち、ちがっ!! それは、さっきしたときので……」

恥ずかしそうに、黒髪を揺らして首を横に振る沙耶に、俺はもっと意地悪なことを囁く。

「そうか？ ほら、蜜が零れ落ちてきたぞ？」

「もっ、やぁ……意地悪。意地悪なんだから！」

イヤイヤと首を横に振る沙耶の様子に、俺は口角を上げる。

「意地悪すると、沙耶がめちゃくちゃ可愛くなるから。それが見たいだけ」

「本当に意地悪！」

濡れた瞳でこちらを見つめる沙耶は、俺を煽っているとしか思えない。

座ったままで沙耶の脚を大きく広げ、そして蜜の音を立てながら何度も指を動かした。

「つやぁ！ んんっ!!」

ヌルヌルした甘い蜜を潤滑油に、蕾を指で弾いて転がした。

その度に腰を震わせて気持ちよさそうに喘ぐ沙耶の姿を見ると、こちらも自制できなくなってくる。

もう何度も抱いているはずなのに、いつも貪欲に彼女を求めてしまう。

すると、指の動きに合わせるように、沙耶の腰がユルユルと動き出した。

きっと身体が勝手に反応しているのだろう。無意識のうちに俺の指に腰を押しつけてくる彼女が可愛い。

指を止めると、沙耶が縋るような目で俺を見つめてきた。

下半身にグッと血が集まってくるのを感じながら、俺は沙耶を抱きしめて耳元で囁く。

「もっとして欲しかった？」

「っ！」

「欲しいなら、欲しいって言えよ」

「直」

「お前の欲しがる姿を見たい。ダメか？」

沙耶を腕の中から解放しながら切なげに呟いてみせる。

すると、一瞬戸惑った様子を見せたあと、懇願するように俺を誘惑してきた。

「欲しい……。欲しいの、直が欲しい」

「沙耶」

「もっと、欲しい……」

堪らなかった。俺はそのまま沙耶を押し倒し、彼女の脚を大きく広げる。

そして、すでに滾っている自身で蕾を擦って刺激した。

腰を回すように動かし、蕾をこねくり回す。

いつもなら指や舌で愛撫しているため、まさか熱く滾っている塊で刺激されるとは思わなかったのだろう。

恥ずかしさから頬を上気させながらも、沙耶は、甘ったるい啼き声を惜しみなく零している。

大きくスライドさせれば、すぐに蜜穴に入り込んでしまうかもしれない。

それでも、この動きを止めることはできなかった。

「あ、あっ……もう、イク！」

より腰の動きを速め、何度もいきり立った自身で蕾を愛撫すると、沙耶の腰が数回ビクビクッと震え、つま先が突っ張ったのを感じた。

フッと力が抜けた沙耶の姿に、彼女が達したことを察する。

ハァハァと甘ったるい吐息で肩を上下させている沙耶を横目に、俺はゴムを自身に被せた。

「沙耶」

いいか、と目で問いかけると、彼女は何かを期待するような恍惚とした表情を浮かべて頷いた。

沙耶の背中を手で支え、そのままグイッと起き上がらせる。

あぐらを掻いた俺と対面する形に導き、そして――彼女の蜜穴に、屹立をねじ込んだ。

「あぁぁ!!」

ビクッと沙耶の身体が震えた。白い喉を反らし、快感に喘いでいる。

その表情をもっと見たくて、腰を掴んでは何度も下から突き上げた。

その度に、桃のように柔らかな胸がプルンと揺れて扇情的だ。

腰を丸めて胸にかじり付くと、ますます彼女のナカがキュッと締めつけてくる。

気持ちがいい。このまま、ずっと突き上げていたい。

そんな淫らすぎる願望を抱きながら、何度も何度も彼女の最奥目指して律動する。

沙耶のナカが、小刻みに震え出す。何度か軽くイッたようで、俺を締めつけてきた。

「もう、だめぇ……直、ギュッてして……」

「沙耶っ」

頂から口を離し、沙耶を力強く抱きしめる。

グチュグチュと蜜をかき混ぜる音を立てながら穿ち続けると、沙耶の甘ったるい啼き声が部屋中に響く。

「んん!!　あ、あああっ――」

「っ！」

ギュッと搾り取られるように沙耶のナカが収縮し、それと同時に俺も昇り詰めて達した。

息を乱し、ただお互いの体温を確かめ合う。

汗と体液で身体はベタベタしているが、離れたくない。放したくない。

少しの間、二人で抱きしめ合いながら、この幸せな余韻を楽しむ。

チュッと音を立てて目尻にキスをすると、くすぐったそうに身を捩る沙耶が可愛くて仕方がない。

俺は彼女の耳元で囁いた。

「沙耶、愛している」

「直……」

恥ずかしかったのだろうか。それとも囁き声で先ほどまでの淫らすぎる行為を思い出したのか。

沙耶の耳がジワジワと真っ赤に染まっている。

その耳に再び唇を寄せ、俺は言った。

「さて」

「え？」

沙耶はその涼しげな目を何度かパチパチと瞬かせる。これから何を言われるかと警戒している様子だ。

さすがは沙耶。俺の性格をしっかり把握している。俺の妻は、相変わらず有能だ。

「もっと愛し合おうか、沙耶」

「は……？　はぁぁぁ!?」

沙耶は俺の胸板を手で押すと、信じられないといった様子でこちらを見つめてくる。

相変わらず予想を裏切らない反応をありがとう。

その顔が見たくて意地悪をしているなんて沙耶が知ったら……また怒られるに違いない。

だから俺は、甘ったるい笑みを浮かべて言う。

「俺はもっと沙耶を可愛がりたい」

「い、いえ……。もう、充分」

「何？　聞こえないなぁ。もっと愛してほしい？　今度は違う体位がご希望？　そうか、わかった、わかった」

「わ、わ、私！　まだ何も言ってないんだけど！」

慌てふためく沙耶をゆっくりベッドに押し倒し、蜜穴から自身を抜き出す。

そしてすぐに新しいゴムに取り替えて、俺は沙耶にほほ笑みかけた。

「明日は、俺が朝ご飯を食べさせてやるから心配するな。な?」

「な? じゃない! 自分で食べられるも……んんっ!!」

唇を押し当て、沙耶を再び淫靡(いんび)な世界へと導(みちび)いていく。

最初こそ渋っていた沙耶だったが、ようやく自分から俺を求め始めた。全く、可愛いヤツだ。

調子に乗ってそのあとも沙耶を可愛がりすぎた結果、やはり翌朝、彼女にめちゃくちゃ怒られることになってしまった。

足腰が立たず、ベッドの上にぺたんと座ったまま沙耶は困り果てたように眉尻を下げている。

「仕事できないじゃない! どうしてくれるの!?」

「よし、今日は俺が若女将代理をしてやるから」

シレッと言い切ると、沙耶は目をつり上げて怒りだした。そんな顔もまた大変可愛らしい。

「バッカじゃないのぉぉぉ!!」

「そんな可愛い顔して怒るな」

「は!?」

「また、抱き潰(つぶ)されたいのか?」

流し目で囁（ささや）けば、沙耶は真っ赤になって俯（うつむ）いた。

「もう、直はバカなんだから」

そう呟（つぶや）く俺の妻は可愛すぎる。

ギュッと抱きしめて「ごめんな」と謝ると、沙耶はもう一度小さく「バカ」と呟（つぶや）いて、拗（す）ねた様子で口を尖らせたのだった。

書き下ろし番外編

二人だけの夜は、湯けむりの中で

「お母さん、いってきます！」

「いってらっしゃい。二人とも、いい子にするのよ？」

今にでも駆け出て行ってしまいそうな子供たちに言い聞かせたのだけど、きっと彼らの耳には入っていないだろう。

早く行きたい！　とうずうずしているのが手に取るようにわかる。

兄嫁の実家がキャンプ場を営んでおり、そこにうちの子供たちも一緒に連れて行ってくれることになったのだ。

二泊三日のキャンプ。それも大好きな従兄姉たちと一緒。

ワクワクするのも仕方がないとは思うのだけど……

テンション高めな我が子たちを見て、ますます不安になってしまう。

目の前にいる双子の男子は、私と直の子供だ。今年の夏で六歳になる。

やんちゃ盛りの男の子で、少し目を離した隙にどこかに飛んでいってしまうほど。

それも二人揃ってワンパクなので、私の怒号が志波家に響き渡るのは日常茶飯事だ。

結婚当初は旅館瀬野に隣接している実家の二階で直と二人で暮らしていたのだけど、子供たちが保育園に入るタイミングで家を建てて瀬野の実家を出た。

とはいえ、いわゆる〝スープの冷めない距離〟に家を建てたので、環境的にはあまり変わってはいない。

未だにお小言を言おうとしている私を見て、義姉がクスクスと楽しげに笑う。

「沙耶さん、そんなに心配しなくても大丈夫ですよ」

「お義姉さん。この子たちが何かしでかしそうになったら、遠慮なく叱ってくださいね」

「フフ、了解です。それに、うちの子たちもいるから大丈夫」

双子の背後にいた彼女の息子と娘が、グッと親指を立てて深く頷いた。

「沙耶さん。私たちがいるから大丈夫です。きっちり見張っていますから」

「本当に頼りになるよ。二人ともお願いね」

「了解です」

そう言うと、彼らはうちの双子を立派に引率して車に乗せてくれた。

年の離れた従兄姉に、うちの子たちは信頼と羨望、そして恐怖を抱いている。双子にとって頭が上がらない存在だ。

きっと彼らがいれば、あの子たちも言うことを聞くだろう。

「じゃあ、いってきますね」

「はい、よろしくお願いします。兄さんも頼むわね」

「了解！　旅館のこと、頼むなぁ」

「任せておいて」

兄の家族、そしてうちの愛息子たちに手を振って見送った。

今日から二週間、旅館瀬野は臨時休業に入る。客室のリニューアルをするためだ。

特に旅館瀬野の売りである特別室の浴室がかなり老朽してしまっているので、今回改装に踏み切ったのだ。

静かになってしまった自宅の戸締まりを済ませ、旅館に向かおうとすると雨が降ってきた。

「天気予報では、雨が降るなんて言っていなかったのになぁ」

傘を広げ、私はゆっくりとした足取りで旅館瀬野へと向かう。

こうして一人で歩くのは、なんだか久しぶりのように感じる。いつも両手には子供たちの手があるからだ。

彼らのぬくもりがないことが、急に寂しく思えてしまった。

そんな気持ちを紛らわすように、足早に旅館へと急ぐ。

傘を閉じ、旅館入り口の引き戸を開ける。いつもなら必ず人の気配があるのに、今は閑散としていた。

工事は明日からなので、今日の午後からはお客様は誰もいない状況だ。

従業員もすでに帰ったあとなのだろう。こんなに静かな旅館は初めてかもしれない。

女将である母も「いい機会だから」と友人と旅行に出掛けているので母屋（おもや）にも誰もいない状況だ。

ここでもやっぱり寂（さび）しさを感じてしまっていると、「沙耶か？」と直の声がした。

彼の声を聞いて、ようやくホッとする。

お客様が誰もいないとはいえ、旅館に誰も残らない訳にはいかない。そこで、直が留守番をしていてくれたのだ。

ひょっこりと顔を出した直を見て、「うん」と頷（うなず）きながら靴を脱ぐ。

「アイツらは元気に出掛けたか？」

「もちろん。テンション高めで心配になるぐらいだった」

「ハハハ、想像できるな」

「うん、想像通りだと思うよ」

ロビーに上がって直を見ると、彼は重箱を提げていた。

「それ、どうしたの？」

「ああ、これは板長からの差し入れ」

「差し入れ？」

なんでも冷蔵庫にあった余り物で私と直の夕ご飯を作ってくれたのだと言う。

腐らせてももったいないから、といつもはニコリとも笑わない板長が少しだけほほ笑んでいたらしい。

なかなかな頑固者ではあるが、腕は確かだし、頼りになる人だ。

従業員たちが全員休みなのに、私たちは旅館の管理者として工事を見守らなければならないことを労って（いたわ）くれたのだろう。

「せっかくだから、特別室で食べないか？　ついでに今日はあの部屋で寝よう」

「特別室？」

「ああ。あの雰囲気は、今日までしか味わえないしな」

「そうね」

当時の面影（おもかげ）はなるべく残しつつ、古くなってしまった箇所は綺麗にする予定だ。

確かに今の雰囲気を味わえるのは、今夜だけだろう。それに――

「私、特別室に泊まったことないかも……」

特別室に限らず、旅館のどの部屋にも泊まったことがない。

すぐ傍（そば）には母屋（おもや）があるし、何よりお客様が使用する部屋に私たちが泊まるなんてことは通常ならあり得ないからだ。

玄関の戸締まりを終えたあと、旅館の離れにある特別室へと向かう。

ここまで来ると、旅館の雰囲気は一変する。奥まったところにあるこの特別室は、どこか厳かな空気を醸している。

だからこそ、常連客にとても人気がある。そのため、予約も一年前からしないと取れない。

そこに一晩泊まれることに、ウキウキしてしまう。その浮かれようは、息子たちと同じだなと思い出して苦笑いを浮かべた。

すっかり日は落ち、部屋からはしっとりとした趣ある日本庭園が見える。

所々ライトアップされているので、幻想的な雰囲気が楽しめるのがまたいい。

まだ雨はシトシトと降っていて、それがまた情緒を感じられる。

黒光りしている檜のテーブルに二段重を広げた。

そこにはところ狭しと、板長の腕のよさが光る料理の数々が詰められている。

「うわぁ、美味しそう。板長の料理、久しぶりに食べる！」

目を輝かせて重箱を覗き込んでいる私を見て、直はクスクスと楽しげに笑う。

その表情がとてもセクシーに見えて、ドキドキしてしまった。

――そういえば、こんなふうに二人きりになるのって久しぶりかも？

そんなふうに考えていたら、なんだか緊張してきてしまった。

視線を逸らして無言のまま、板長特製料理を口に運ぶ。

挙動不審な私の様子に違和感を覚えたのか、直が箸を置き、こちらをジッと見つめてくる。

その目にはどこか情欲的な感情が見え隠れしているように思えて落ち着かない。

ソッと視線を逸らすと、クツクッと意地悪な笑い声が聞こえてきた。

「何だよ、沙耶。久しぶりに二人きりになったから、緊張しているのか？」

「っ！」

図星だった。だけど、それを認めるのはとても恥ずかしい。

直との付き合いは長い。新卒で入社した会社で初めて出会い、それから同期という間柄を経て恋人同士に。

その後、ブランクが一年半ほどあったけれど無事に元サヤに収まり、そして結婚。

二人の子供にも恵まれて、今に至る。

かれこれ十年以上の付き合いだ。それも現在は夫婦として一緒に暮らしていて、毎日顔を合わせている。

それなのに、今更恥ずかしがるのもおかしいとは思う。だけど、なんだか今夜は恥ずかしくて仕方がなくなってしまった。

子供が生まれてからはこんなふうに二人きりの時間をなかなか持てずに、ここまで来たからだろうか。

彼からの視線を一身に感じて、居たたまれなくなってしまう。

「べ、別に！　何言っているのよ、直ったら」

「ふーん」

ニヤニヤと意味深な表情を浮かべている直を無視し、せっせと料理を口に運ぶ。

「ほ、ほら。早く食べよう！」

私が照れ隠しをしているのなんて、彼にはお見通しだろう。そのニヤけた顔が、すべてを物語っていた。

ムキになって反論したいところだけれど、直のことだ。

こちらがムキになればムキになった分だけ、私をからかうのは目に見えている。

なんとかごまかして直に料理を勧めると、何事もなかったように食事をし始めた。

それを見てホッと胸を撫で下ろしたけれど、そのときの直の表情に妖しげな色が見え隠れしていたことに私は気がつかず……

あとで大変な目に遭うことになってしまうのだ。

美味しい料理に舌鼓を打ち、お腹いっぱいになった頃だった。

メールの着信音が鳴り響く。私と直、二人のスマホからだ。

二人してスマホを確認すると、送信者は兄だ。

『キャンプ場に到着！　コイツらは蛍(ほたる)を見てテンション高め（笑）』

というメッセージと共に添えられていたのは、写真と動画だ。

写真は我が子たちが満面の笑みでピースサインをしたもので、動画は川辺に舞い踊る蛍(ほたる)の情景だった。

直にも同じようなメールが届いたのだけど、添付されていた写真は大きなお肉を頬張る双子の写真だった。

どちらの写真を見ても、満足げな二人。キャンプに連れて行ってくれた兄たちに感謝だ。

「アイツら。かなりエンジョイしているみたいだな」

「うん、よかった」

従兄姉(いとこ)が大好きな二人のこと。たくさん遊んでもらって、ご満悦だろう。

幸せそうな顔をしている二人の写真を見て、「次は家族で旅行に行こうね」と直に提案する。

「そうだな。どこがいいかな」

優しくほほ笑む彼を見て、胸がキュンとしてしまった。

父親としての顔を見ることが最近では多くなっていたが、時折こうして男としての顔を覗（のぞ）かせてくる。

そのたびに私がドキドキしているなんて、目の前の夫は気づいているのだろうか。

そうでなくても、今はこの部屋に二人きり。いいや、この広い旅館の敷地内に二人きりだ。

そう思ったら、どうしても胸の高鳴りを抑えられなくなってしまった。

ドキドキしていると直が急に立ち上がり、ドキッと一際心臓の音を高鳴らせてしまう。

「今夜で最後の内風呂だな。入ろうか」

「え、あ……、そうね。今夜であの檜（ひのき）風呂ともお別れだものね」

特別室には、総檜（そうひのき）の内風呂がある。だが、ここも老朽化が進んでしまい、リフォームすることが決定していた。

でも、数日すれば真新しい檜（ひのき）の香りに包まれるだろう。きっとお客様も喜ばれるに違いない。想像しただけで嬉しくなってくる。

ニコニコしていると、なぜか直が私の腕を掴（つか）んできた。

「え？　直？」

見上げると、どこか淫欲めいた様子の彼が視界に入る。

首を傾（かし）げていると、そのまま腕を引き上げられて、そして——

「え？　え？　ちょっと、直⁉」

気がつけば彼の腕の中にいて、挙げ句横抱きにされていた。いわゆる、お姫様だっこというやつだ。

こんなふうに抱きかかえられたのなんて、何年ぶりだろう。

一気に顔が熱くなり、慌てて下りようとバタバタと脚を動かした。

「おい、沙耶。大人しくしていろ。落ちるぞ？」

「だ、だって！」

どうして急に抱きかかえられたのか。意味がわからなかったのだけど、彼の足が向いた先を見てピンときた。

やってきたのは、特別室にだけある檜風呂だ。

そこの脱衣場でようやく彼の腕から解放されたのだけど、今度は彼の手によって身ぐるみ剥がされてしまった。

最初こそあまりの早業に唖然としていたのだけど、彼が裸身になったのを見て我に返る。

「どうして直も服を脱いでいるのよ！」

「はぁ？　風呂に入るのに洋服着たままで入るヤツがいるのか？」

いや、いない。だが、そういう意味ではなく……

戸惑っていると、彼からの視線を感じる。下から舐めるように視線を向けられて、慌てて腕で身体を隠した。

「ほら、沙耶。綺麗な身体なんだから隠すな」

「だ、だって……」

この身体を彼は幾度と見てきている。だけど、やっぱり羞恥心に耐えられない。

彼に背を向けると、背後からキュッと抱きしめられる。

彼の体温が伝わってきて、身体が喜びに満ちていく。そんな気がした。

でも、恥ずかしさを隠せなくてモジモジとしてしまう。

そんな私を見て、直はどこか嬉しそうに声を弾ませた。

「ったく、何年経っても沙耶は可愛いな」

「え？」

項に唇を押しつけながら、彼は吐息混じりで言う。

「恋人だった頃も、新婚だった頃も。そして、母親になった今も……。沙耶はずっと可愛い」

目に涙が滲んでしまった。私の身体を抱きしめる彼の腕に手を伸ばして、キュッと掴む。

「……本当？」

「何だよ、俺が嘘をつくとでも思っているのか？」

心外だな、と言いながら、今度は耳殻(じかく)を食(は)んできた。そして、甘く囁(ささや)いてくる。

「昔より、もっと綺麗になった。俺を毎日誘惑してくるんだからな」

誘惑しているつもりはこれっぽっちもないけれど、そんなふうに思ってくれているのなら嬉しい。

鼻をすすっていると、彼に身体を反転させられた。必然的に直を見上げる形になる。

涙目で見つめていると、なぜか直は頬を赤らめて視線を逸(そ)らした。

「どうしたの？　直」

「……」

「直？」

彼の頬に手を伸ばして、そっぽを向いてしまった彼をこちらに向かせる。

彼の胸中を知りたくてジッと見つめていると、直はなぜか自棄気味(やけぎみ)に私の両頬をその大きな手のひらで包み込んできた。

「愛している、沙耶」

ドキッと胸が大きく鼓動した、その瞬間。直に唇を奪われていた。

私のすべてに触れたい。そんな気持ちを隠しもしない、情熱的で深いキスだ。

熱い舌が口内にねじ込まれてくる。彼の舌は歯列をなぞり、私の舌に絡みついてきた。

最初こそビックリして怯えていたが、すぐに彼の熱に蕩かされてしまう。

私は自ら彼の舌に絡みついて、キスに酔いしれる。

甘い吐息と舌と舌を絡ませる音が、脱衣場に響き渡った。だが、それを咎める者は誰もいない。この旅館には、私たち二人きりだ。

キスの甘さに酔いしれてしまい、脚から力が抜けてしまう。そんな私を再び横抱きにした直は、そのまま浴室に入っていく。

大きめに作られているこの浴室は、家族風呂としても使えるほどだ。

檜の香りが心地いい。そして、浴槽にはたっぷりの温泉が湯けむりを上げていた。

外からは雨音が聞こえてきて、なんとも風情がある。

直は私を抱いたまま浴槽に入ると、一度私を下ろして腰を下ろす。そして、私に向かって手を伸ばしてきた。

「来いよ、沙耶」

まだ先程のキスで身体と心がふわふわしている私は、思考が蕩けてしまっているようだ。

言われるがまま彼の膝の上に腰を下ろす。

すると、すかさず直は項に吸いついてきた。

「あぁ……っ！」

私の甘えた声が浴室に響く。それを恥ずかしいと思いながらも、もっとしてほしいと願っている自分もいた。

彼の手は胸を揉みながら、唇で背中を愛撫してくる。

時折、耳元で甘く囁かれるたび、身体が快楽で震えてしまう。それを楽しむように、彼の唇は悪戯を繰り返していく。

「なぁ、俺たち付き合いは長いのに、湯けむりエッチしたことなかったよな」

「え？」

いきなり何を言い出したのか、この男は。

一気に思考は現実に戻り、唖然としながら振り返る。すると、チュッと音を立てて唇にキスをされた。

驚いて目を丸くした私に、彼はにっこりと満面の笑みを浮かべてきた。

その笑みがとにかく意味深というか、妖しさ満載で思わず腰が引ける。

だが、すぐに腰を抱かれてしまい、逃げられなくなってしまった。

ググッと彼の身体に引き寄せられ、再び耳元で囁かれる。

「この檜風呂は、今日までだ。明日からは取り壊して新しく生まれ変わるだろう？」

「う、うん」

「ってことは。今夜はここを好きに使えるということだ」

「えっと……？」

確かにその通りではあるけれど、まさか本当にここで抱き合うというのか。

ギョッとしていたのだが、直の顔を見ていたら胸の高鳴りが止まらなくなってしまった。

彼の表情から、私が欲しいという感情が読み取れたからだ。

「俺とお前。二人きりだ」

低く甘い声で言われて、下腹部が期待しているのがわかる。キュンとナカが締めつけるのを感じていると、彼が懇願の目で見つめてきた。

「愛させて、沙耶」

何も言わないでいると、「ねぇ、沙耶」と甘えた声でおねだりをしてくる。

私は彼のこの声に弱いのだ。それに、もう……私だって彼が欲しくて堪らなくなっている。

彼は懇願するように、あちこちにキスの雨を降らせてくる。くすぐったくて、でも幸せで。私は彼の頭を抱きしめた。

「うん、私も直を愛したい」

彼のつむじにキスを落とす。すると、それが合図とばかりに彼は甘い夜に私を誘ってくる。

浴槽の中のお湯がパシャンと何度も音を立てる。

湯気とは違う熱気と甘い雰囲気が漂うのを知っているのは、ここにいる二人。そして——

シトシトと降り続いている雨だけだ。

B6判　定価：704円（10％税込）ISBN 978-4-434-24060-7

本書は、2018年8月当社より単行本として刊行されたものに、書き下ろしを加えて文庫化したものです。


この作品に対する皆様のご意見・ご感想をお待ちしております。

おハガキ・お手紙は以下の宛先にお送りください。

【宛先】

〒150-6019 東京都渋谷区恵比寿4-20-3 恵比寿ｶﾞｰﾃﾞﾝﾌﾟﾚｲｽﾀﾜｰ 19F
(株) アルファポリス　書籍感想係

メールフォームでのご意見・ご感想は右のＱＲコードから、
あるいは以下のワードで検索をかけてください。

ご感想はこちらから

エタニティ文庫

策士な彼はこじらせ若女将に執愛中

橘 柚葉

2024年1月15日初版発行

文庫編集－熊澤菜々子
編集長 －倉持真理
発行者 －梶本雄介
発行所 －株式会社アルファポリス
〒150-6019 東京都渋谷区恵比寿4-20-3 恵比寿ｶﾞｰﾃﾞﾝﾌﾟﾚｲｽﾀﾜｰ19F
TEL 03-6277-1601（営業）　03-6277-1602（編集）
URL https://www.alphapolis.co.jp/
発売元－株式会社星雲社（共同出版社・流通責任出版社）
〒112-0005 東京都文京区水道1-3-30
TEL 03-3868-3275
装丁イラスト－園見亜季
装丁デザイン－ansyyqdesign
印刷－中央精版印刷株式会社

価格はカバーに表示されてあります。

落丁乱丁の場合はアルファポリスまでご連絡ください。

送料は小社負担でお取り替えします。


ISBN978-4-434-33290-6 C0193